# シーザー　ラヴズ　ローマ

## ―青年ガイウスとローマの平日―

# Contents

# 前口上

毎度おなじみ、世界史縦横無尽の江森　備です。

またまたの御縁、ありがとうございます。

今作もまた「読み切り古代ローマ」でございます。主人公は、英語で「ジュリアス・シーザー」という、あのひと、なのですが・・・。

——ラテン語は、じつはよくわかりません。

カタカナでタイトルを、とのご依頼を受け、ラテン語で、と考えないではなかったのですが、なにしろラテン語は、今を去るウン十年前の音大時代、歌の授業でほんのちょっぴりかじったことしかないもので・・・(^_^;)。

というわけで、たいへん申し訳ないのですが、タイトルは英語です。「ローマを愛している『シーザー（＝ジュリアス・シーザー）』」は、作中ではラテン語で「ガイウス・ユリウス・カエサル」と呼ばれます。ややこしくてすみません。

今作の彼は青年ですが、少年時代については別に一作ございます。

こちらは、今回、諸般の事情により実現しなかった、わが畏友小林智美先生のご装画が表紙です。「アイアムシーザー　若きガイウスの冒険」――これも読み切りです。ガイウスの顔がみたいという方は、ぜひどうぞ。

青年ガイウスは、いま、赴任地のスペインから、強行軍で、ローマへ帰ろうとしているところです。お楽しみくだされば、とてもとても幸いです。

江森　備　敬白

# 共和国

# I

「会計官《クワエストル》どの、お待ちください、ユリウス・カエサル会計官どの。」

さきほどの百人隊長《ケントウリオ》（ローマ軍曹長）が、純白の羽根かざりのついた兜をかかえ、ほかの兵士をかきわけるようにして、会計官ガイウス・ユリウス・カエサル（＝ジュリアス・シーザー）の一行を追ってきた。

「悪いことは申しません。どんなにお急ぎか知らぬが、海路はいけない。やめられたほうがよい。」

左の腰についた、剣身のひろいローマ制式剣が、不慣れなようすで重そうだ。平《ひら》の軍団兵は剣を右に差すから、たぶん昇進して間もないのだろう。

ガイウスといくつも違わぬらしい三十年配の下士官は、それゆえガイウスの役職に敬意をはらっていた。属州スペイン会計官。それは、所属大隊長から任命をうけただけの彼の職とちがい、執政官や法務官などの重い役職とともに、共和国ローマの全市民による選挙でえらばれている。

「先月オスティアの港がおそわれたのはご存じでしょう。あの手の凶悪海賊が、このところこのマルセイユの海にものさばり出て、わがもの顔して荒らしまわっているのです。ローマ本土で、アッピア街道をゆく荷馬車が、荷ごと人ごと海へさらわれたというのも、ただの噂ではありません。」

ガイウスの奴隷たち——ギュリッポス、ティモテオス、メリプロスの三人が、不安そうに顔をみあわせる。教師老グリフォの息子でいちばんわかいメリプロスはまだ十七歳。自由人でいえば、やっと軍務志願年齢にたっしたばかりだ。

急ぐのには、わけがあった。数日まえ、任地スペインの港町ガデスに、ローマで留守を守る母アウレリアからの、至急便がとどいたのである。

「伯母が危篤なのだ。」

ガイウスは言った。

「父方の、血のつながった伯母だ。親類で、男子はわたし一人なのだ。」

百人隊長は、すると、黒髪にふちどられた日焼けした顔に、むずかしい表情をうかべた。

息子も孫もない病人が、もしこのまま死にでもしたら――。その者は甥である彼なしでは、葬式を出すことさえおぼつかない。

いつも思慮ぶかく冷静な母の、乱れた文字のその手紙には、ガイウスの上司にあたる、スペイン総督アンティスティウス・ウェトスにあてた、元老院の有力議員クラッススからの添え状までがついていた。

「そうでしたか――。」

百人隊長はうなづいた。次の言葉で、ガイウスは彼の察しのよさにおどろいた。

「亡きマリウス閣下の奥方さまが――。」

「――伯父を――。」

ガイウスは隊長の顔をみた。

「伯父マリウスを知っているのか。」

「いえ。でも、さっきガイウス・ユリウス・カエサルどのとお名乗りになりましたし――。」

伯母ユリア。息子も男の孫もない、カエサル家のユリア。

たったそれだけで、その夫の名を言い当てるとは――。

「百人隊長。」

ガイウスはいった。

「名はなんといわれる。」

「ラビエヌスともうします。」

隊長は姿勢をただした。

「ティトス・ラビエヌス。キングルムの生まれで、ただいまは連隊大隊長ペディウス閣下の指揮下にあります。」

「そうか。では、ラビエヌス隊長。」

なかなかいい男じゃないか――、とおもいながら、ガイウスはあいての名を復唱した。

「ラビエヌス隊長。君の連隊大隊長にわたしのことを取り次いでもらえないか。属州スペイン会計官が、火急の用で帰国するため、海沿いのマリウス街道を通行したい。できれば馬と、ローマまでの警護兵もお借りしたいと。」

マリウス街道は、マルセイユ・ローマ間の最短ルートだ。南仏から北伊にかけての、美しい海岸線をひた走るこの軍用道路は、先のガリア戦争のおり、伯父マリウスとその軍団が開鑿《かいさく》した高速道路である。軍用路であるから、通行には駐留軍団最高司令官――属州総督の許可が要る。

「承知しました。では急ぎ。」

隊長ラビエヌスは、ほっとしたように表情をゆるめ、ちょうど来あわせた部下らしきものに、ご一行をひとまず連隊本部へ、と命じ、また向き直った。

「大隊長はいま、総督閣下のところだと思います。お待ちください。お伝えしてきます。」

かけだしていく百人隊長の背中を、ガイウスは立ち止まったまま目で追った。

「旦那さま。」

ギュリッポスがいった。

「どうかなさいましたか。」

案内の兵が、敬礼して待っている。

「――いや。どこかで見た顔だなと思って。」

奴隷たちは顔をみあわせ、だがすぐに主人をうながした。歩きだしながら、若いメリプロスが言った。

「それより旦那さま、当地大隊長閣下のお名をなんと聞かれました？　たしかペディウスさまと？」

とたん、ギュリッポスが大真面目な顔で頭をかかえた。

「おお、なんという迂闊《うかつ》！　メリプロス、なぜもっと早く言わない。申されました。たしかに申されました。こら、メリ、恥をかかれるのは旦那さまなのだぞ。」

ペディウス家。それはガイウスの亡くなった姉、大《だい》ユリアの嫁ぎ先だ。

「おい、君。」

ガイウスはいそいで先を行く兵士をよびとめた。

「大隊長どののお名前は？『ペディウス』の上はなんといわれる。」

義理の兄クイントス本人ではないはずだ。たしか今はブリンディシの軍港で艦隊勤務と聞いているから、ここからだと首都ローマをとびこして、正反対のアドリア海がわだ。義兄に実の兄弟はないから、従兄弟か、または親戚か——。それでも、これは運がいい。少しは便宜を、はかってもらえるかもしれない。

「クイントス・ペディウス大隊長閣下です。」

兵士は胸をはってこたえた。ガイウスは手をうち、最初にきがついたメリプロス少年の頭をぐるり、と撫でた。

「先週、わが大隊はブリンディシから、もうひとつの大隊とともに着任したばかりです。」

大隊長クイントス・ペディウスは、さっきのラビエヌスを従えて、海の男らしい、豪快な笑い声とともに姿をあらわした。

「おおガイウス！　なんという奇遇だ。」

姉の夫、ではあるが、年齢ははるかにはなれている。残念なことに、姉は、十三年前、二度目のお産に失敗して、ガイウスが小アジアへさいしょの自主亡命をしているあいだに急逝してしまっていたが、その後、この勇猛なる騎士は後添いももらわず、まだ年端もいかない同名の一人息子をカエサル家にあずけて、こうして軍人として各地を転戦してまわっている。

「おなつかしい！　義兄上《あにうえ》！」

ガイウスも声をはずませた。

「そのせつはお世話になりました義兄上。以前の身代金騒ぎのときには、お留守宅の解放奴隷までが、金貨をもってかけつけてくれたとのこと、あとで母に聞いて涙がでました。」

「はっはっは、それは息子だ。おれの小さなクイントスが自分の小遣いをな。いつも世話をかけているのだし、なによりあいつはガイウス叔父さんが大好きだからな。――で？　今日はなんだな。また海賊にさらわれたか？　はっはっは。」

この豪快な男が、もし貴族の生まれで、大隊長になるまでにこんなにもながい軍務を必要としなければ、とっくにもっと上の役職を経験して、いまごろは元老院議員としておだやかな老後をおくる身の上になっていただろう。

妹(小《しょう》ユリア)の場合と同様、亡き姉大ユリアの夫にも、父は貴族ではなく、騎士階級の男をえらんだ。子供たちの結婚相手に、同じ階級の名門貴族――それはこの時代のローマにおいては、「借金まみれ」とほとんど同義語である――をえらばなかった点で、カエサル家の父は堅実そのものであった。ガイウス自身も、結婚相手は名門コルネリウス・キンナの娘だが、さいしょの婚約者は騎士の娘だった。

「伯母上が亡くなられたそうだが——すまん、役には立てん。」

話が本題にはいると、ペディウスは率直に頭をさげた。

「人手が足らん。もともとそれでわれわれが呼ばれたのだ。面目ないが、海賊からこの港を守るのに、軍船も兵員も手一杯だ。」

属州マルセイユは、もともと、ギリシャの植民都市で、ガリアやスペインへの、重要な経由地だった。ここの抑えがきかなくなれば、この地に暮らすギリシャ系属州民ばかりでなく、ローヌ河奥地のガリアや、さらに奥のゲルマン人にまで、混乱が伝染するおそれがある。

「そこで、相談なのだが。どうだろう、ガイウス。」

ペディウスは、部下ラビエヌスをみかえった。

「どうせ船は駄目なのだ。あとは『できるかぎりいそいで』ローマにたどりつければいいのであろう？——海沿いの道をあきらめるのであれば、このラビエヌスをつけてやれるのだが。」

「どういうことです、義兄上。」

「こいつはじつはローマで船をおりるはずだった。そうだ、彼も、ローマまでの同道者をさがしているのだ。ただ、その道が少人数でゆくには——。」

「アルプス越えをしたいのです、カエサル会計官どの。」

待ちきれず、ラビエヌスが割りこむように言った。

「かのハンニバルが象で越えた、アルプスの峠道なら、十人ほどで助け合えば、なんとかポー河上流へでられます。多少の困難は覚悟の上。わたしと、部下のもの五人。どんな強行軍でもかまいません。──いかがでしょう。」

「寒いぞ、ガイウス。」

義兄が、わざと茶々をいれてくる。

「山中は雪道だ。吹雪だぞ。」

ガイウスはそれに笑い返し、ラビエヌスに手を差し出した。

「よろしくたのむ、ラビエヌス隊長。こっちはわたしとさっきの奴隷三人。一人はガリア語も話せるから、山中で役に立つだろう。楽しい旅になりそうだ。」


冬の峠越えは、予想以上の困難をともなった。道を失わずにすんだのは、一行が途中ですれちがった、ほとんどガリア語しか話せない行商人の、「その先は雪崩《なだれ》で危険。通れないぞ。」のひとことを、ガイウスの若い奴隷メリプロスが聞き取ったおかげだった。結局、峠までのぼりつめるのに四日、くだるのに六日、ポー河にたどりつきそこからやっと「文明圏」といえるラテン市民の町クレモナに出て、そこで態勢をたてなおしてローマまでエミーリア街道を南下──。

ローマ到着までに十二日かかった。

夕暮れのなか、一行がローマ下町──スッブラの坂道を、息を切らせてのぼりはじめたとき、めざとく彼らをみつけた、例のあぶり焼き屋のおかみが、これもまた例によって、大声で皆の帰りを告げはじめた。

カエサル家の玄関は、そのこうばしい香りの奥だった。ティモテオスの父とメリプロスの父——執事奴隷ターレスと、教師奴隷のアントニウス・グリフォが、しらが頭をふりながら、あらそうように飛び出してきた。

「旦那さま——！」

ガイウスは、伯母の死を、さとった。

白髪の二人は二人ながら、髪もひげも、ぼうぼうの伸び放題だった。服はいつから洗っていないのか、ほこりっぽく汚れている。

それは、服喪のしるしだった。

やっぱり間に合わなかったか——。

ガイウスは黙したまま家にはいり、じぶんも喪のしるしの暗い色のチュニックとトーガをまとうと、そのまま伯母の家へおもむき、葬儀のいっさいをとりしきった。


葬儀は盛大だったが、元老院議員の参列は一人もない。集まったのは、故人の夫の、亡きガイウス・マリウス将軍をしたう、庶民平民の人々である。

ガイウスは、彼らの喜ぶ仕掛けを用意した。

葬列がすすみはじめると、往来をゆく市民の目は、先頭をゆくふたつの大理石の胸像にそそがれた。

年寄りと中年。どちらも男の肖像彫刻である。高価な顔料で、細密に色付けしてある。葬儀の主の家の中庭に、思い出のよすがとしてかざられていたものだ。

——女の葬式に、男の胸像がふたつ。

ローマではふつう、葬列の先頭に、亡くなった本人の似顔絵か胸像をかかげる。それをみた人々が、自発的に列に加わり、列は棺をかこんで、ローマの中心フォロ・ロマーノまで行進し、市街地に最後の別れを告げるのだが——。

いぶかしむ見物衆のまえを、列はすすむ。彩色大理石胸像は、その彫りのみごとさといい絵の具の具合といい、ちょっと見にはどこかの名門貴族のようだ。

誰だろう。

人々が、ささやきをかわす。

頑固一徹、お世辞にも美男とはいえない老人と、多少はそれより貴族めいているが、よく似た、やはりあまり見栄えのしない中年。

見るからに親子らしいその二つは、二つながら、平民そのものの顔をしている。とくに老人のほうが、なんというか、「軍団たたき上げ、鬼の百人隊長」という感じなのだ。胸像の出来と、これほど不釣り合いなものはない。そのうちに、やっと気付いたらしい男が、ふしぎそうにつぶやいた。

マリウスさま？

大マリウス閣下のお像ではないか。あの眉毛のあたり、ほらほら、見覚えはないか？

マリウスだって?

人々はざわめいた。ひそやかに、つぶやきがひろがっていった。

マリウス、マリウス、マリウス。

覚えてる、覚えてるぞ、あのお顔。おお、生けるがごときそのお姿! へなちょこ貴族どもの目の前で、平民の意地をみせられた方だ。ご生涯を、おれたち徒手空拳の無産市民《プロレターリ》のために捧げられた方だ。

泣き出すものがいた。喜びのあまりあたりかまわず人かまわず、肩や背中をたたきまわるものがいた。とおくからかけよってくるもの、そっと列に加わるもの、そして——近くにくることはできぬまでも、遠くから深々とあたまをたれて挨拶をおくってくるもの——。

そして彼らの目はすぐに、棺のすぐあとをすすむ葬列の先頭、銀の「市民冠」をかぶって歩をすすめるガイウスにそそがれる。

あのかたはいったいどういう方だ? あの銀製の——「樫の葉の市民冠」は? どうしてマリウスさま親子の——二十年もまえに亡くなられた方々の胸像を先頭に——。えっ、甥御さま?

しずかに、列が大きくなりはじめた。

ガイウスは注意深く、あたりをみまわした。

トーガのふちに、紅色のめだつ一本縞を入れている男たちが、やはりこちらを遠巻きにしている。

彼らは、数人がかたまり、一様に眉をひそめている。みなガイウスより年上だ。杖などついた老人までいる。

——元老院議員たちだ。

ふふん、やっぱり。——

彼らに、これが、不愉快でならないのは、わかっていたことであった。

なにごともおこらずに済んでいるのは、こちらが葬式だからで、そうでない平時なら、つかみあいのけんかがはじまっていても、おかしくはない。

最後の平民執政官、大マリウス将軍は、平民たちにとっては「われらがチャンピオン」。だが、元老院の貴族たちにとっては、そうではないのだ。

大マリウスのつぎに執政官になったのは、名門貴族出身の、スッラという男だ。

——スッラがいつ、元は上官であったマリウスをにくむようになったのかは、定かではない。ここで確かなのは、スッラがそのご執政官よりも権力のつよい「独裁官」になり、マリウスと息子の小マリウスを、自分に逆らった「国賊」として、ローマ本土では犯罪者としてあつかう、と法律できめてしまったということであった。

時がたち、そのスッラのほうも、すでに寿命つきて、いまはそれからさらに十年後ぐらいなのであるが、法律のほうは依然いきている。息のかかった連中は、まだ元老院の中枢に、大勢力をたもったままだ。マリウス一家をかこむ人々は、家がほろんだ今になっても、「平民派」とか「民衆派」などと呼ばれ、万が一にもそう目されたものは、たとえどんな名門貴族であっても、このローマ社会では絶対に出世できないとさえいわれていた。

「ガイウス！」

突然に、列の外から呼びかけられ、ガイウスは声のほうをみた。

「ガイウス、わたしだ。来たぞ。」

短い地味なチュニックに軍靴というういでたちで、百人隊長ラビエヌスが、見物をかきわけてはしりよってきた。

「ティトス！」

相手が、わざわざわかりにくいように、上の名でよびかけ、言葉づかいにも注意しているので、ガイウスのほうも気をつかった。おたがい家名でよびあったり、ラビエヌスのほうが敬語などつかったりしては、あのご機嫌斜めな連中に、よけいな情報をあたえることになる。

「なんてやつだ。本当に来てくれたのか！」

「なにをいってる。いっしょにアルプス越えをした仲じゃないか。」

うしろには、あのときの五人の部下たちも、おなじく平服で勢ぞろいしている。ガイウスはうれしくなり、両手をひろげて、皆の肩をがしがしと抱いた。

「大歓迎だ。さあ列にはいってくれ。みんな、前のほうをあけてくれ。軍団兵さんたちのご入来だぞ。」

平民たちにとって、軍団兵はヒーローだ。みなよろこんで場所をあけ、その整列の指示に嬉々としてしたがいはじめた。行進が再開されると、だれかが、古い軍歌をうたいはじめた。

――ロバが往《ゆ》く。ロバが往く。
野こえ海こえ砂漠こえ、
ヌミディア人をこらしめに――

気のきいた者が、マリウスの名前をうまく省いて音頭を取っていた。「マリウスのロバ」。それは、執政官マリウス配下の、当時の最強軍団の愛称であった。歌は、マリウスが成敗した敵の名を継ぎ足し継ぎ足し、単純な旋律のくりかえしでできていた。若いものたちもすぐに覚えた。

――ロバが往く。ロバが往く。
アルプスこえて河こえて、
ガリア人めをこらしめに――

その日の空は、底抜けに青かった。

市の中心広場フォロ・ロマーノでの追悼演説を終え、棺を荼毘《だび》にふした火がもえつきてしまうと、帰宅したガイウスは、喪主であるのに、さっさとその不景気きわまりない色の喪服をぬいでしまい、ティモテオスに言って、お気に入りの、足首まである長いチュニックを出させた。

ふつうのローマ男はまず着ない、優雅な長袖だ。

「トーガもパーティー用のをたのむ。マケドニアのアエロポスどのから頂戴した、エジプト麻のうすいのがあったろう。あれを。」

妻がきた。青白い顔をみて、ガイウスはいそいでたちあがる。

「コルネリア。きみ、起きてきて大丈夫か。」

顔色がすぐれないのは、化粧していないせいではない。灰色の喪服こそまとっているが、妻コルネリアは葬儀の列にはくわわっていなかった。

「お出かけの気配がしたものですから――。どちらへ?」

「うん――ちょっと、クラッススどのの夕食会へね。」

腕にだきとると、ちょっと熱い。ガイウスは妻の結われていない髪をなで、唇にやさしいキスをした。しあわせそうに、妻は微笑んだ。

「クラッススさまに――。よいお考えです。母上さまも、御礼にうかがうならはやいほうがと。――お呼びしましょうか?」

「いや、母上は――。」

スペインから帰国してこちら、ガイウスは、とある理由で、母アウレリアを苦手としている。なにもしらない妻は、すると、うれしそうにうなづき、微笑んだ。

「そうですわね。今夜はこちらも精進落としのお客さまでいっぱいですもの。――では、お支度はわたくしが。」

一人娘ユリアを生んだ十三年前から、ずっと、その産後の不調に苦しんでいる彼女は、なにかにつけて、この家では庇《かば》われている。主婦のしごとは、ガイウスの母アウレリアがかわってとりしきり、ガイウスの身の回りはほとんどギュリッポスやティモテオスなどの、大人の男奴隷たちにまかされていた。

ティモテオスがもってきた華やかなトーガを点検しながら、それゆえコルネリアはたのしそうだ。

「薄すぎるわ。夏ではないのですから。夜はまだずいぶん冷えますのよ。——ティモテ、旦那さまのお手回り品は？」

沈黙の男ティモテオスが、荷はいまだ到着せずと首をふるのをみて、コルネリアは自分の小間使いを呼んだ。

「クロエや、あれを。お帰りまでにと仕立てておいた——。」

小間使いに持ってこさせた外套を、コルネリアはティモテオスにも手伝わせて夫のまえにひろげた。濃緑色の、一面に細い線のはいった洒落たラシャ地は、ガイウスの好みにあわせて、エトルリア風に仕立てられている。

「派手じゃないかね。」

肩にあててみながら、ガイウスは言ってみた。本音をいえば、チュニックは長袖なのだし、うすいトーガを風になびかせて歩きたいところだ。妻はお見通しだった。

「いいえ。そのギリシャのトーガをお召しになるなら、羽織っていってくださらなければ。お風邪をめされては大変ですもの。」

実家の父母も兄弟も、すべてさきの内乱で失った彼女にとって、カエサル家は唯一の居場所、夫ガイウスは無二の頼りであった。彼女のわずらいは、その不安との表裏一体だ。ガイウスはそれに気がついている。

「しょうがない。ガイウス・カエサルは女房どのを愛しております。仰せのままに、大人しくしたがいましょう。」

「ま、なんですのそれは。」

愛妻の見立ては、いつもながら、ガイウスによくにあった。

うすいトーガとはいえ、麻は羊毛よりもコシがある。貴族らしく荘重《グラヴィダス》に、たっぷりと襞をとって着つけていくと、抑えのピンや結び目の内で、布の重なりがぶあつくふくれあがってしまうが、その上からそのエトルリアのコートをはおると、それがすべて中におちついて、洒脱にほっそりと、洗練されたシルエットがあらわれる。

「――いいね。」

濃いめの色が、まあ喪中にふさわしいといえなくもない。

「ローマじゅうの美女があなたを振りかえるでしょうね。」

夫婦は笑いあい、妻は沈黙の奴隷に、麻はしわになりやすいから、コートをとったらすぐに襞のぐあいを直すようにと注意をあたえる。

玄関まで、妻は送ってくれた。

「いってくる。無理せず早くおやすみ。」

夫は妻のひたいにキスをし、往来にでた。今夜はたぶん、泊まりになる。いつものあぶり焼き屋の旦那のほうが、おとものティモテに、そっと、弁当代わりのビスケットを持たせてくれる。

II

平民貴族のクラッスス家は、ローマ一の大金持ちだ。

その邸宅は、当時の最高級住宅地、パラティーノの丘のてっぺん——ヴァレリウス、クラウディウス、エミリウスなど、貴族でも超名門の本宅と、肩をならべる場所にある。ガイウスの住む、下町スッブラからは、だらだらとながい坂をくだり、夕暮れのフォロ・ロマーノをとおりぬけて、あとは見上げるようなパラティーノの坂を、延々とのぼってやっとたどりつくことができる。

「おお、やってきたな、命知らずどの。」

ガイウスが、クラッスス邸の玄関をくぐると、奥にいた太鼓腹の福々しげな男が、まちかねたようにしてでてきた。

「これは、おんみずからのお出迎えとは。痛み入ります。」

何人かの、招待客をひきつれて、当主のマルクス・リキニウス・クラッススは、まん丸い笑顔で、ガイウスをむかえた。

——その血筋を、建国のころにまでさかのぼると、平民にいきつく貴族を、ガイウスたちのような「名門」と区別して、「平民貴族」という。

クラッススは、家柄こそ「名門」ではなかったが、その名門貴族に金を貸し、意のままにあやつって、「元老院の影の第一人者」の地位を確保しているという、政界の大物である。

「聞いたぞ、フォロ・ロマーノで追悼演説をしたとカエリウスから。いい演説だったそうじゃないか。亡き伯母君もさぞやご満足だろう。」

このクラッススほど、評判と実際が違っている人物を、ガイウスは知らない。

色白で、まん丸い体格と顔立ちは、ちょっと見には、なにひとつ苦労を知らずに育った「お坊ちゃま」そのもの。若いころ、内乱で、親兄弟全部を皆殺しにされたり、敵に追われて身一つで国外脱出をしなければならなかったり、などの悲惨な過去をもちながら、それを感じさせない、おだやかなお人好しだ。

たしかに、金儲けのしかたは、ほめられたものではない。人の弱みにつけこみ、金貨の袋で頬っぺたを張るようなきたないやりかたを、彼は平気でやってのける。

だが、それでも、ガイウスはこの年上の元老院議員が好きである。彼が、なりふりかまわず金儲けをせずにいられない気持ちも、それを世のため人のため、そしてなにより自分のために散財せずにいられない動機も、ガイウスには理解できるからである。

「今夜は奥方はどうしたね？　なに、かげんがすぐれないのか、それは心配だな。母上は？　――あ、そうか、そちらは精進落としなのだっけな。え？　ではそれを放って？　それはこちらこそ痛みいるな。」

宴会のひらかれるメインダイニングは、邸宅の最も奥にあった。

ローマの貴族邸宅は、建国の昔から、ひとつの様式で統一されている。ガイウスの家も、基本はおなじつくりだ。

まず、応接間控室ともいうべきプールつきの中庭があり、その奥の重々しいドレープのカーテンを入ると、家の格をあらわす主執務室、昼間はこれが応接間になる。さらに奥にはもうひとつドレープカーテンがあって、ここから先は、家族のためのプライベートな中庭――花のさきみだれる奥中庭とつづき、突きあたりが、その家の守護神と先祖をまつる祭壇《エセドラ》。

宴会のための食堂は、その祭壇を右か左に折れた廊下を、さらに奥へすすんだところに、ひらけるようにあらわれる。

「ガイウス、まあガイウス！」

クラッススの妻テウトーリアは、黒髪を高く結いあげ、今日のために新調したらしい食事用の寝椅子をためしながら、給仕係の執事奴隷に、今夜のメニューについて、さいごの指示をあたえているところだった。

たちあがった彼女の胸や腰から、最新流行のドレスの、洗練されたドレープがこぼれおちる。太ったご亭主とは反対に、ほっそりと、ドレスとおなじくらい洗練された彼女は、ガイウスの首にぶらさがるようにして歓迎の意をあらわしながら、だがやはり、ご亭主とおなじことを問うた。

「きてくれたのねガイウス。今日は奥さまは？　今日も一人？」

「これテウトーリア。」

いつものように気やすく名前のほうでよびかけてしまって、テウトーリアはクラッススにしかられた。スペインで会計官を経験したガイウスは、次の議会からは、栄《は》えある元老院議員として議場に連なることが許されている。いままでのような無位無官の若造とはちがうのだ。

テウトーリアは、乙女のようにひとつかわいらしく咳ばらいして、呼びかけをやりなおした。

「カエサルさま、お一人なら好都合ですわ。プブリウス・スッラさまが奥さまのほかに、ええと、姪御さま——？　をお連れになっていて、そのエスコート役をさがしていらっしゃるの。——ご紹介いたしますわね。」

仏頂面の男がひとり、テウトーリアにまねきよせられた。

こんなに不機嫌でなければ、その彫りのふかい顔はかなり魅力的なはずなのだが——。プブリウス・コルネリウス・スッラ、あのスッラの、弟の息子である。

いまはなき独裁官閣下の甥御さま、というわけだが、そのわりに、元老院では冷遇されている。なにしろ、「名門コルネリウス・スッラ家」というのは、もとは札つきの没落貴族なのだ。スッラ自身がその軍歴を踏み台に、才と力にものをいわせて破格の出世をとげるまでは、貧乏のどん底、邸宅さえかまえられない没落ぶりであった。

スッラ兄弟の母という女は、その近所でも名うての浮気女だったし、父親のほうもそれとたいして違わない放蕩者。まともに子供がそだつわけがない。スッラ自身もそうだったように、その弟のほうも、世に出るまでのあいだ、はいまわったぬかるみや泥水は、悪臭フンプンたるものだ。

あくまでもうわさだが——、と、ローマの町スズメたちがトーガやマントに口元をかくしながらささやきあうのを信じるとすれば、プブリウスの父親の昔は、なんとかいう解放奴隷あがりの金持ちの「ベッドをあたためる係」だったというし、母のほうはそれはもう、どんなところの馬の骨とも知れない、生まれも名前も不明な女——。

伝統と格式を重んじる元老院貴族たちは、そんな出自を歓迎しない。

伯父上独裁官閣下の生前には、それでもその縁故によって、元老院に重要な位置をしめてはいたが、今では、議席こそとりあげられずに済んでいるものの、議場にあっては、「居るような居ないような」という、肩身のせまい思いをさせられていた。

「姪ではない。従姉《いとこ》のむすめだ。ポンペイア・ルフス・スッラ。」

プブリウスは、あまりうれしくもなさそうに、その小娘を押し出した。

「クラウディウス氏族につらなる男と婚約していたのだが、離縁になった。まったく。わが伯父上が生きておわせば決して許されないところだ。」

相手のその、独白ともぼやきともしれぬ紹介文句を、ガイウスは片耳できいていた。そんなものより、興味津々の上目づかいで彼を見上げてくる、小娘のほうに、興味があった。

ガイウスは娘をみおろした。

「赤毛《ルフス》」というだけある。強烈な髪の毛だ。そのうえちぢれている。眉毛まで真っ赤だ。

「ポンペイアどの——。」

ガイウスは記憶をたぐるように、髪のはえぎわをちょっと指でまさぐった。

「ではもしや、父君はむかし執政官だった——？」

「そうですわ、命知らずのカエサルさま。」

声は、意外にもよく響いた。

「わたくし『赤毛のポンペイウス』の娘です。祖父の同僚執政官だった——。ごらんのとおりのこの髪色は父ゆずり、くせ毛は祖父と母からのもの。ですからご安心になって。かの若き殺戮者、祖父のお気に入りの大ポンペイウスとは、なんのかかわりもありません。」

「可愛い方ですね、ポンペイアどの。」

「赤毛のポンペイウス」の娘なら、母親はスッラ自身の娘——コルネリアだ。不機嫌そうなオジだかイトコオジなど問題にもならない。れっきとした貴族さまの家でそだった、正真正銘のお姫様だ。

きっと、蝶よ花よと育てられたんだろうなとおもいながら、ガイウスはちょっと不満げにいった。

「しかし命知らずというのはいただけませんな。」

「なにをいうか。お前のような男をそうといわずに、何を命知らずというのだ。」

言ったのは、プブリウスだった。言いながら、そこはかとなくその伯父に似た、男らしい美貌をへしまげて、またぷりぷりと怒り出した。

「なんだ、昼間のあの行進は。フォロ・ロマーノまでの聖なる道を、こともあろうに犯罪人の顔をおしたてて通行するとは。ああ、世はかわったものだ。わが伯父上が生きておわせば決してお許しにならなかったろうに。」

「まああそのくらいで、スッラさま。」

テウトーリアが、やさしく助け舟を出してくる。

「宴の席でそんなお話は無粋でございますよ。さあさ、みなさまお席へ。今日の開会詩は詩人コルネリウス・ネポスの朗読ですのよ。」

エスコートの役目は、簡単だ。ただ相手を、食卓のわりあてられた席に案内して、寝椅子に優雅によこたえてやればよいのだ。席に男女の区別はない。ただ、パートナーだからといって、ちかくに座れるわけではなかった。

ガイウスの席は、女主人テウトーリアの横だった。反対側の隣には、主人クラッススの丸い身体が、丸焼きのガチョウのように乗っかる。ガイウスは、宴の主人夫婦に挟まれた。

三十代くらいのローマ貴族が、自作らしいギリシャ語の詩をよみはじめる。

この階級のローマ人で、ギリシャ語を解しないものはいない。ギリシャが国としての体《てい》をなさなくなって八十年ほどになるが、そのせいかちかごろでは、ギリシャ人奴隷が、ローマ市内はむろんのこと、イタリアじゅうにちらばっている。

奴隷であるから、もちろん学識のほうはピンキリであるが、当然ギリシャ語は全員がペラペラだ。ローマ人は、この連中に馬鹿にされないために、子供のころから、必死になって、この文明語の習得にはげまねばならなかった。

「いかが？　ガイウス。」

テウトーリアがささやく。

「いま売出し中の作家コルネリウス・ネポスよ。」

ギリシャ詩の基本は、短い音、長い音、その交替のさせかたにある。この詩人のは、その独特の「型」にのっとり、緩急が絶妙だ。万が一、意味がわからぬものがいても、そのおおどかなリズムは、その者の耳にも心地よいだろう。

作家ネポスは、今のところ、テウトーリアのサロン随一の大文学者で、長大な歴史物語から、このような軽い詩作まで、向かうところ敵なし、ガイウスも何度か顔をあわせたことがある。名門コルネリウス氏族にぞくし、名は、ガイウスと同じ、ガイウス、という。

なぜだろう。

テウトーリアのサロンには、なぜか、「ガイウス」が多い。

事情をしらぬものが、いちおう納得している、真実とはすこしちがう表向きの理由、というのがある。

それは、「ローマの男の個人名が、ほかの国のとくらべ、格段にバラエティーに欠ける」というものだ。
アウルス、
ガイウス、
グナエウス、
マルクス、
ルキウス、
ティトス、
プブリウス——
これくらいだ。あとは数詞から変化した、
デキムス、
クイントス、
セクストス。
これで全ローマ人男子の、老いも若きも、大貴族からことによると奴隷までの、すべての名前がまかなわれている。七、八人もあつまれば、多少の重複は出る、のではあるが——。
だがそれにしても、テウトーリアのまわりに集う男どもは「ガイウス」だらけである。
「ガイウス、旅の話をきかせてくれ。スペインはどうだったね。」
卓に前菜がならびはじめるのをみて、クラッススがいった。朗読はつづいていたが、客たちは慣習にしたがい、思い思いにねそべったまま、でてきた料理に手を出しはじめている。

「スペインの話はわたしも聞きたいわ。」

テウトーリアも言った。

「なつかしいわ。わが家の下の息子はかの地で生まれたのよ。」

「すばらしいところでしたよ、それはもちろん。」

奴隷の美少年から酌をされながら、ガイウスは夫婦をかわるがわるに見た。

「ご友人ウィビウス・パキアヌスどのの知己をえました。いくつかの裁判を解決して、ガデスではヘラクレス神殿に詣《もう》で――。」

「ヘラクレス神殿か！」

クラッススがうれしそうに身をのりだす。

「ガデスのヘラクレス神殿ならわたしも行った。亡命中にウィビウスに連れて行ってもらったのだ。たしか大王――。」

「ええ、アレクサンドロスの像！」

ガイウスは寝椅子に起き上がり、像のすわりかたの真似をした。

「いや、あの男ぶりのよさは他にはないもの。わが身を思ってしばらく落ち込みましたよ。」

「ま、ガイウス！」

テウトーリアがわざと声をひそめる。

「ご謙遜。あなただって十分いい男よ、『ガイウス・ユリウス・カエサル』似の！」

数人が、つりこまれるように笑った。みな、聞くともなしに聞いていたようだ。クラッススも笑った。

「ははは。それにしてもギリシャ人というのは――なんでこうも美形ぞろいなのだろうなあ。」

格式ある家らしく、クラッスス家の奴隷はすべてギリシャ人である。酌係の美少年は、敬愛する主人の手を腰にまわされ、うれしはずかしの態《てい》で、じっとしている。

「はははは。」

クラッススはまた笑い、少年の、妖精のような可愛いお尻をかるくたたいて、行ってよいぞとうながした。少年が、チュニックのすそを舞わせてとびたっていくと、彼は、「それで？」とガイウスをうながしてきた。

詩の朗読もすでにおわった。テウトーリアは、向こう隣の既婚婦人との会話に、夢中になりはじめている。

「帰途、ポー河に出るコースをたどったのですが――。」

ガイウスは声を低くした。ここからは無粋な政治の話だ。

「クレモナとミラノで、市民の騒乱に遭遇しました。いえ、ローマ市民ではなく、ラテン市民とガリア人の――。」

ラテン市民とガリア人は、ローマ市民権を持っていない。

「彼らの不満は、ローマ市民権取得について、不公平があるということのようです。無理もありません。ラテン市民権とわれわれローマ人の市民権との間には、雲泥の格差がある。ガリア人には、そのラテン市民権もない。」

「植民市と属州の重税については、わたしも考えていたよ。」

クラッススは言った。

「税を軽減してやり、そのうえで完全なローマ市民権をあたえたら、彼らはわたしの『大事なる友《クリエンテス》』になってくれるだろうか。」

貴族の周囲に群れる平民を、「クリエンテス」という。クラッススのような大物「保護者《パトローネス》」の感覚では、この「大事なる友」たちの実態は、友というより「子分」であり、もっとはっきりいえば「保護を与えるかわりに役に立ってもらう平民」である。ガイウスはうなづいた。

「ええ。ガリア人のあいだでは、土地を守る権利が、自分たちにないというのも不満なようです。」

「ううむ。」

その不満は、古代社会においては、至極もっともといえる。

どの民族であれ、いやしくも自由人たるもの、自分の土地は自分で守るものだ。おまえたちに市民権はやらぬ、そのかわり兵にならんでよいから、防衛はすべてローマに任せろといわれて、釈然としない非ローマ人は多い。奴隷あつかいされているように感じるのだ。

クラッススが考え込んでしまったので、ガイウスは、そうそう、といって話題をかえた。

「マルセイユでペディウスに会いましたよ。ええ、わたしの義兄にあたるクイントス・ペディウスです。」

──クラッススどのによろしく伝えてくれ。──

わかれぎわ、老大隊長はガイウスに、そっと、こう言ったのだ。

──わしもこの歳だ。そろそろ護民官《ごみんかん》か会計官になりたい。わしの代で元老院に入り、息子には貴族身分を残してやりたいのだ。──

すると、クラッススはガイウスの目を見、まるで息子を案ずる父親のような口調でいった。

「ひとのことを心配している場合ではないぞ、カエサル元老院議員。」

あのご婦人がみえるかね、と彼は太った指をのばした。

「彼女。わかるかね、さっきのポンペイア嬢のとなりで、一緒になっておしゃべりしている年かさのほうだよ。」

クラッススがつづけた。

「彼女の弟は、ポルキウス・カトーなんだ。マルクス・ポルキウス・カトー。そうだ、かの大政治家カトーの曾孫だよ。」

ポンペイア嬢が、笑いながら彼女の名を呼んでいる。──何と言ってる？　よく聞こえない。

「きをつけたほうがいいぞガイウス。」

クラッススがさらにつづける。

「小カトーは、元老院の上のほうに受けがいい。まだ若造で、議員でさえないが、彼に一目おく者はかなりいるぞ。元老院第一人者のカトゥルスも、彼を気にいってる。」

美人だな、とガイウスは思った。

「あと数年もしたら、元老院有数の論客になるだろう。厄介な――じつに厄介な男だ。ストイックで、保守的で、妙に頑固で――。彼にこれ以上目をつけられないようにしたまえガイウス。昼間のきみの『胸像の行進』にいちばん怒り狂っていたのは、そのカトーなんだよ。」

美人だ――。

――セルヴィーリア！――

ポンペイアの唇が、そう動くのを、ガイウスは確認した。

「妙ですね。」

目は美女をながめながら、ガイウスはクラッススの言葉を、こんどもぬかりなく、ちゃんと片耳で聞いていた。

「ポルキウス・カトーの姉が、どうして『セルヴィーリア』なのです？」

「きがついたね。」

クラッススはほほえんだ。

セルヴィーリアとは、「セルヴィリウス家の女」という意味である。「ポルキウス氏族カトー家の女」なら、「ポルキア」や「カトゥア」になるはずで、ありえない名前だ。

男の名前もお粗末だが、ローマの女のそれはもっとひどい。良家の娘には、そもそも個人を識別する名前そのものがない。長女から末娘まで、氏族名、家族名に女性語尾「A《ア》」をつけて呼ばれる。ガイウスの家ユリウス・カエサル家に生まれた女は、彼の姉も妹も、今日葬式を出した伯母も、彼自身の娘まで、全員が「ユリア」だ。

「母親が再婚なんだよ。彼女はだから、母親の連れ子としてカトー家で育ったんだ。」

「なるほど。それでセルヴィーリアですか。」

ガイウスは美女の笑い方をみた。女の頭のよしあしは、表情でわかる。馬鹿な女は馬鹿丸出し、賢い女はそれなりに。——むかし、少年のころ、乙女の園ヴェスタ神殿の、聖なる処女巫女《ヴェスターリ》の長だった女性に、ベッドのなかでおしえられたことだ。

小カトーの姉か——。

「今夜は泊っていくんだろう？」

クラッススがいった。

「きみのいないあいだ、テウトーリアがさびしがってね。わたしは、明日の早朝ナポリへ発《た》たなくてはならないから——。」

「ええ？　お一人でナポリへ？」

ガイウスはわざと驚いてみせ、咳ばらいして、茶目っ気たっぷりに返した。

「それはどうも、よろしくありませんね、マルクス。なぜ奥さまをお連れにならないんです？　まったく、男の風上にもおけないな。」

すると、マルクス・リキニウス・クラッススのぽっちゃりした頬は、みるみる酒のせいではない赤色に染まった。口ごもりながら、わたしはナポリで用事が、急な用事が、今夜じゅうに発たなくてはならないから、と弁解をはじめた。

「あなた、マルクス。ちゃんとガイウスを引きとめてくれなくては嫌よ。」

気配を察した奥方が、声をかけてくる。

「まだスペインのお話、半分も聞けていないんですから。」


テウトーリアのサロンは、ダイニングから庭ひとつへだてた別棟にあった。パーティーの終盤、「さあ、飲みなおしましょう。」という女主人の声に、十人あまりが彼女にしたがって席をたった。

さっきの大作家ネポスとその親友の年代史家リキニウス・マケル。騎士のアントニウス・ヒュブリダ、ウォルセヌス、あの若いのはサルスティウス――。

壮観だ。みごとに全部「ガイウス」である。

「さあ武勇伝だ。スペインの話だ。」

二次会は寝椅子も卓もない無礼講だった。女主人とガイウスを中に、一同は広間に円陣を組む。まずは乾杯だ。最高級のカンパーニャワインの栓が抜かれる。熟成されたワインは発泡していて、木の栓がいきおいよく飛ぶ。

つづいて、ネポスとマケルが、女奴隷たち――これがまたそろってみごとな腰つきの美女ぞろい――に、さらなる一杯をついでもらいながら、女主人に、つれてきた書記奴隷を中へいれてもいいかとたずねる。めずらしい話を一言も聞きもらさないためだ。あとで読み物に起こして、女主人に献呈するのだ。

「困ったな。ご両所にそう構えられては。」

ガイウスがいうと、ネポスが舌なめずりする。

「きみは構えんでいいカエサル。普通に喋れ。わたしが面白くしてやる。プラウトスもメナンドロスも、はだしでにげだす名作を書いてやるから。」

ガイウスは迷うそぶりで、はえぎわを一本指で掻いた。

この人々のお望みは決まっている。スペインにはまだ未開の裸族が住んでいるとか、どこでも山を掘り返せば、金だの銀だのが湯水のように湧いて出るとか――。

「では――そうですね、これは先々月、スペインの奥の奥のへき地に、巡回裁判にでむいたおり、わたしが本当に見聞したことで――。」

たしかに、ローマ人より露出の多い人々はいる。だが、裸族というわけではない。山に金銀がねむってはいるが、それを掘るには莫大な費用がかかる。奴隷も死ぬ。

でも、そういう現実は喜ばれない。

友好的なルシタニア族だの、彼らと属州民や市民との公正な裁判の話など、だれも聞かない。ルシタニア族といえば、槍や弓矢をふりかざして反乱する裸族でなければならないし、そういう「反乱部族」の跋扈《ばっこ》する真っ只中を、少人数で通りぬけるようなスリル満点の武勇伝が、満座の人々の歓声と乾杯をささうのだ。

嘘でも本当でもかまわない。多少の破綻や屁理屈だってご愛嬌。おもしろければなんでもあり。ギリシャ人とちがうのは、連中が大まじめな残酷と悲惨を好むのにたいして、ローマではなにより、くだらなさとお笑いが求められるということ――。

これは、本当のローマ人のありようではない。

ガイウスはそう感じている。そして、自分の中に、そのほうが楽しいと思いはじめている自分を発見して、ちょっと不愉快になったりするのだ。

歓声、乾杯、歓声、乾杯、悲鳴、悲鳴、そして爆笑。これがローマの「今」である。


ナポリ近辺の別荘地でならともかく、さすがにローマ市内では、宴が深夜におよぶことはない。

いつもなら、この無礼講は、奴隷たちの色っぽいダンスにはじまり、やがてサイコロやすごろくの賭け事になってはけるのであるが、この日は、ガイウスの笑話をいくつかきいたところで、時間がきた。余韻を楽しみながら、ほかの面々がゆるゆると帰り支度をはじめると、ガイウスはテウトーリアをエスコートするようにして、サロンと棟つづきの、彼女の寝室へいざなわれた。

クラッススとテウトーリアは、ローマ上流貴族の慣習にしたがい、すでにもう寝台をともにしていない。

「見てガイウス。」

低木の生垣をすかして、帰っていくトーガの群れが、遠目にみえる。

「ね、あの人――。」

テウトーリアが一人をゆびさす。

「誰にさそわれて来たのかしら。いやあね、カティリーナよ。」

名前が女性語尾「A《ア》」で切れるが、男だ。ルキウス・なんとか・カティリーナ。氏族名は、思い出せない。背の高い、四十ぐらいのなかなかの美形――。スッラの例をひくまでもなく、没落貴族であれだけのご面相となれば、とかくのうわさがたえない。

「主人の宴会にはいなかったわよね。わたしのサロンにだけ顔をだしたのだわ。」

あなたを見にきたのよ、と、テウトーリアは暗に言っている。

「ガイウス、いったいフォロ・ロマーノでなにを演説したの？」

「べつになにも。ただ亡き伯母上のお血筋をたたえて、あとは思い出をちょっと――。」

「それだけじゃないでしょう。あんなワケアリの男にまで目をつけられて。普通じゃないわ。」

「ヘンなことは言っていませんってば。」

ガイウスはいらだち、女からはなれた。

「どうしたの。」

「いえ――、ご主人にも同じことを――。気をつけろと。」

ガイウスは嘆息した。

クラッススが見た目どおりでないように、この奥方もそうではない。はた目にみれば、美人で多少頭のゆるい奥方を、気の弱い旦那が一方的に好いていて、その浮気放題をゆるしているようにみえるが、それこそが、この抜け目ないご夫婦の、つけ目なのだ。

彼女がサロンをひらいて男をあつめているのは、いい男と浮き名をながしたいためではない。夫クラッススのためだ。彼のために、役に立ちそうな味方を、さがすためだ。

彼女が釣りあげる男には、一定の基準がある。才能——それも、クラッススに欠けている才能が、注意深く選ばれている。そしてカティリーナのような悪いうわさのある男には、たとえそれがどんなに魅力にあふれた傑物であっても、テウトーリアは目もくれなかった。

妻が気に入る男であること。

夫クラッススが味方をえらぶ基準は、つねにそこにある。

「どうしたのガイウス。」

クラッスス夫人の声が、やさしくなった。

「それだけじゃないんでしょう?」

ガイウスは悄然と嘆息した。

この女には、なにもかくせない。それについては、ガイウスはすでに観念している。彼女は母アウレリアとおなじかしこさを持ち、そして母とちがって、それを完璧な武装でかくしとおしている。

「——夢、をね。」

「夢?」

ガイウスはベッドにすわらされた。女がたたみかけた。

「どんな夢?」

「ガデスの——、アレクサンドロスの像をみたあと——。」

ガイウスは小声になった。女が結いあげた頭を寄せてきた。ガイウスは言った。

「ヘラクレス神殿のあの像は——、夢、を、見せる——んだよ。予言を、含んだ、夢を。」

ガイウスはさらに小声になった。女はついに彼のまえにひざまづく格好になり、彼のひざに頭をのせるようにして聞き入った。

「それで——? それはどんな夢なの?」

きゅうにガイウスはたちあがった。テウトーリアをはねとばして叫んだ。

「知るものか。なんだってあなたにこんな話を。夜は短いっていうのに!」

はねとばした彼女を、ガイウスはあらためてベッドに引っ張り上げた。シーツをはねあげ、羽根枕の上に放り出し、上に飛び乗って背中からシーツをかぶった。

「ああだめよガイウス!」

夫人が甘やかな声で叫んだ。

「話が先、夢の話が先よ!」

まともに話がはじまったのは、夫人のきれいな髪型が乱れほつれ、彼女の流行のドレスも、ガイウスの自慢のトーガも、シーツの波にのみこまれて行方不明になり、そのシーツも二人の汗でしっとりと彼らにからみついたあとのことだった。


「母とね、やった夢なんだ。」

あおむけになり、その胸の上に年上の愛人の、ゆたかなからだをだきよせながら、ガイウスはつぶやいた。彼女は顔をあげて、ガイウスをみた。

彼はつづけた。

「おかしいだろう。あの母が泣きわめいてにげまわるってだけで、へんだと気づきそうなものなのにみただけでその気になってしまって、むりやり追い詰めてやりまくるなんて。」

ふいに、彼女が笑いだした。

「夢よ。ガイウス。」

「人ごとだと思って!」

ガイウスは半べそをかきかけ、それをみられないために、がばと起き上がった。

「わたしは心配なんだ。あんな、あんな夢をみてしまって、もう母の顔なんかまともに見られない。」

テウトーリアは黙り、つぎに噴き出した。

「ガイウス、ガイウス、ね、ね。」

テウトーリアはなおも笑った。

「うちには息子が二人いるし、わたしの兄弟も男ばかりだけれど、そのくらいの夢ならだれでも見るのではないの？　それほど気にすること？」

「――――。」

面白がっている。ガイウスはそう誤解し、黙りこんだ。すると、彼女が言った。

「予言を含んだ夢、と言ったわね。」

彼女も、ガイウスのとなりにおきあがった。

「その夢、説いてもらいましょうよ。きっと神の子ヘラクレスと大王アレクサンドロスが、あなたになにか告げているのだわ。――まかせて。いい占術師がいるの。」

「ああ、かなわんなあ。じつにかなわんよ、クラッススの奥方には。」

夜明けまぢかの帰り道、しわだらけになったトーガをさばき、フォロ・ロマーノからスッブラ坂をのぼりながら、ガイウスはお供のティモテオスに言った。

彼女のことを、クラッススはつねづね「わたしのヘルシリア」と呼ぶが、それはすこし当たっている。

賢女ヘルシリア。

ローマ人ならだれでも知っている、ローマ初代の王ロムルスの妻。サビニ族から、ほかの二十九人の娘たちとともに略奪されてきて、女、女と喜ぶ三千人のローマ男と、復讐だ仕返しだといきまくサビニ父兄双方の頭を冷やさせ、集団強姦でも戦争でもなく、一対一の結婚というかたちにことをおさめてのけた女だ。もし彼女なかりせば、ローマもサビニも、殺し合いのすえ、どちらもいまごろ存在さえしていなかったかもしれない。

彼女とロムルス王は、話し合いの過程でたがいにひかれあったが、ロムルスは、最初に彼女を見染めた部下のために身をひき、その者は戦死にさいして、彼女をロムルスにたくした。

クラッスス夫婦とこの二人がにているのは、そのなれそめの、後半部分だ。

「あれで、おたがい、もうちょっと、なんというか、親しく――。なんとかならないものかな。なあ、ティーモ。」

口のきけないティモテオスは、主人の言葉に、だまったままうなづく。

あれほど信頼しあっていて、相思相愛であるのに、どこかよそよそしい。それは、テウトーリアが、もとはクラッススの兄の妻だったからだ。クラッススは、先の内乱で死んだ実の兄から家督をひきつぎ、そのときその妻も同時にうけついだのだ。

ガイウス、というのは、その、クラッススの、亡くなった兄の名前である。

クラッススの長男とされている若きクラッススも、じつはその、兄ガイウスの子であるらしい――。

クラッススの兄ガイウス・リキニウス・クラッススは、かつてローマが「スッラ派」と「マリウス・キンナ派」とに分裂したとき、父とともにスッラに味方したため、反スッラをかかげる暴徒どもに惨殺された。

上の息子プブリウスはその直後に生まれた。そう、クラッススは、血を分けた兄の忘れ形見を、じぶんの後継ぎとして育てているのだ。

そのとき、きゅうにティモテオスがガイウスのトーガの肩口をひいた。

「旦那さま！　旦那さま！」

坂を、夜通し戸口の明かり番をしていたメリプロスが、かけおりてきた。

「若奥さまが！」

III

クラッススは、ナポリへ向かっている。

――相談したいことがある。

社交界の名花、クラウディア・メテリからのいそぎの手紙に、彼は呼び出されたのであった。

クラウディア・メテリ。

名前のとおり、遊女《あそびめ》ではない。名門クラウディウス氏族プルケル家の長姉で、名門メテルス家の奥方である。

彼女の弟二人は、現在小アジアで、ローマの宿敵ポントスのミトリダテス六世を追って、破竹の進撃をつづけている、ルキウス・リキニウス・ルクルスひきいる五個軍団一万五千に、幕僚として従軍しており、また妹プラエキアは、そのルクルス本人の、歳のはなれた若妻であった。

そのクラウディアからの、内密の呼び出しである。

クラッススは、これは小アジア出征軍になにかあった、と直感していた。

五個軍団もの軍隊が、もし、敵国で変事にあえば、共和国自体が、ただではすまない。

ローマからナポリまでは、馬でどんなに急いでも、数日はかかる。クラウディアがどうして、もうすこしくわしいことを手紙に書いてくれなかったのか、クラッススにはそれがもどかしい。

ナポリとその近郊は、文化文明の香りたかい、一大高級別荘地である。クラウディアの別荘は、そのナポリでも、街道からおおきくはずれた、バイアの岬の突端にあった。


バイアの女王クラウディア・メテリは、この別荘地界隈にはごちゃまんといる、顔だけはきれいな若いツバメと、情事の名残も濃厚なまま登場した。

クラッススは、我慢した。若ツバメの、無駄にいい男ぶりが、そこはかとなく政敵ポンペイウスの若いころに似て見えるというのは彼らのせいではなかったし、はたからみれば、自分の妻も、これと大差なくみえていることが、よくわかっていたからだ。

だが、その用件をきいたとたん、クラッススは思わず声をあらげてしまった。

「なんですと。下の弟どのが地中海で海賊に誘拐されたですと。」

わっと、美女が泣き出した。

東の果て、小アジアの奥の、ユーフラテスだのカスピ海だのというあたりで、きびしい軍務に耐えているはずの男が、なにゆえ、陽光もさんざめく真っ青な地中海で、ごきげんなクルーズをしていたというのだ？　方角もやっていることも、まるきりあべこべではないか。

クラウディアが空涙とともにかたるのを、クラッススはさらに我慢してきいた。腹がたつのは、このふしだらな名門夫人が、ローマ一高貴で美しい自分がこうして泣きさえすれば、クラッススのような男など思いのままにあやつれるとおもいこんでいることだった。

「もとはといえばルクルスがわるいんです、クラッスス閣下。」

若い、ポンペイウス似のツバメが、えらそうにしゃべりだした。自分よりはるかに年上で、地位も立場もずっと上のルクルスを、無造作に呼び捨てにし、一応「閣下」あつかいのクラッススのことも、金庫の錠前ぐらいにしかみていないのは明白だった。

「弟ぎみたち——アッピウスさまとプブリウスさまが言葉をつくしていさめたのに、あいつは全軍団を雪と氷のただなかで冬営をさせたんですよ。それで兵士が不平不満をいうと、あいつ、反乱をそそのかしたとかなんとか言って、ぜんぶプブリウスさまのせいにしようとしたんですから。」

いらだちをおさえようとするあまり、クラッススは、これをあまり聞いていなかった。

ポンペイウスの若いころににているというのは、つまり、かのアレクサンドロス大王に似ているということで、アレクサンドロス大王似といえば、このころ、全地中海において、「いい男」の代名詞である。今ルクルスが戦っているミトリダテス六世も、若かった一時期、自国の通貨に刻ませた自分の肖像を、むりやりアレクサンドロス似にしたくらいで——。

いや、いまそんなことはどうでもいい。

「離婚よ！」

クラウディアがうめいた。

「離婚よ、うちの妹とは離婚させるわ！　あの半端ものに、ここがもう亡きスッラさまの世ではないってこと、思い知らせてやる！」

彼女の怒りは、「理解」できる。

ルクルスの気難しさについては、つとに知られているところだったたし、アッピウスやプブリウスのような若い名門の御曹司が、彼の分《ぶん》にすぎた美意識や洗練をよく思っていないのも、理解はできる。

もとはといえばルクルスは、今でこそ「元老院第一人者」とだれもがみとめる実力者だが、そもそもの出自はクラッススとおなじリキニウス氏族——スッラにとりたてられてなりあがった「平民貴族」だ。対して彼らクラウディウス氏族は、ローマ開闢《かいびゃく》にまでさかのぼる、古い古い血統貴族。これまでに何人もの執政官を出し、累代にわたってローマの平和と安全をその血と生命であがなってきた。

理解できる。理解はできるが——。

「つまり、こういうことですな、クラウディア・メテリどの。」

クラッススは言った。

「弟御は、わがローマの宿敵ミトリダテスと今まさにことをかまえている、出征中の前執政官属州総督の最高司令官《インペラトール》と、大ゲンカのすえ幕僚の任務を放り出し、べつな総督から艦隊指揮権をねだりとって、元老院も市民集会も許可していないのに、西地中海の、もっとも危険な海賊を討伐しようとした、と。」

美女の、あわれっぽく上げた顔が、まるで松の幹に卵入りの粥でもぶつけたみたいに見え、クラッススはあやうく吹き出しそうになったが、彼はそれにすら腹がたった。口をへしまげ、容赦なくいった。

「そういうことなら、金子《きんす》のご用立てはできかねますな。弟御の救出は、ご自身と、お家の大事なる友《クリエンテス》とでなさるべきだ。」

「ああクラッススさま。頼れる人はあなたしかいないのです。」

名門夫人は身をよじり、彼の前に身をなげださんばかりに、最後の哀願をした。嘆息し、クラッススは背をむけた。

部屋の出口にむかって、数歩あるくと、うしろから、雷のような女の声がした。

「クラッススさまがお帰りよ！　おきのどくに、わがプルケル家にさからって、あとでひどい後悔をなさるとも知らないで！」

さよう――。

ナポリから帰りの道すがら、心やさしいクラッススは、はやくも後悔をはじめたのだ。

「旦那さま。道はどうなさいますか。アッピア街道のほうがはやく着くとぞんじますが。」

わかい御者がきいてくるのを、馬車のとなりを徒歩《かち》だちに駆けていた秘書奴隷が、すぐに馬車にとりついてとめた。

「いや、ラティーナ街道だ。来た道を戻るのだ。」

アッピア街道は、うつくしい海岸線の道。ローマ・ナポリ間から、イタリア半島の南の突端ブリンディシにまでつづく、共和国の大動脈ともいうべき幹線道路だ。ラティーナ街道は、そのバイパス道路――山中のひなびた田舎道である。

秘書奴隷は御者を小声でしかりつけた。

「すぐそこに海賊がいるかもしれない道など走れるか。ラティーナ街道をいけ。」

森だらけの暗い坂道の、むずかしい手綱さばきに、往路だけで辟易していた御者は、ぶつぶつと文句をいいながら、わかれ道を右に進路をとる。

アッピア街道――。

それは、さきほどの美女クラウディア・メテリ直系のご先祖、アッピウス・クラウディウスが、三百年まえ、財務官《ケンソル》のみぎり、私財をなげうって敷設した道であった。クラッススはその道に、トラウマがあった。

あの、海風もかぐわしい明媚なる道に、クラッススはかつて、反乱奴隷の捕虜数千を、列をなして磔《はりつけ》にした。――むごい見世物だった。怒りにまかせて命じてしまって、あとで、死ぬほど後悔した。

有名な「スパルタクスの反乱」の後半――ほんの、四年前のことだ。

みせしめため、と人には弁解した。よくぞやってくれたと、涙して喜んでくれる人もいた。だが、彼の忸怩《じくじ》たる思いはきえない。なぜなら、反乱自体は、あのとき、すでに平定されていたからである。イタリア全土をあらしまわり、各地で屈強な不良奴隷を吸収してふくれあがった剣闘士奴隷スパルタクス一味を、先回りしてシチリアの手前で押しとどめ、そして、血へどのでるような苦労のすえに、彼は撃滅した。四年前だ。彼は四十三歳の法務官として、そのとき五万人の「法務官軍団」を指揮していた。

激戦のなか、敵首領スパルタクスは戦死し、その遺体は直後、軍団兵の奪い合いになった。

軍団兵は、貧乏だ。昔は軍装を自前で用意できない者はヒラの兵士にさえなれなかったが、今は逆に、軍隊は食い詰めた無産者《プロレタリ》の集まりだ。彼らはみな、栄誉とか面目とか、家名のためとか、そういうものとはべつな意味で、手柄に飢えている。

敵の首領の、遺体。

ましてそれが奴隷のものとなれば——。

首でなくてもいい！　手でも、足でも、胴体のどこかでも！

スパルタクスのからだは遠慮会釈もなく引きちぎられ切り刻まれ、そして、「事故」がおこった。

怒号と殴り合いと、投げ合い蹴り合いの乱暴なパスまわしのすえに、もっとも重要な戦勝のしるし——首級《くび》が、血と肉と泥のぬかるみのなかへ、忽然として消え去った。

それだけでも、十分にむごたらしいことだった——のだが——。

クラッスス軍が、証拠の首をあきらめ、敗残兵を狩りながら、ローマへの帰路を、ようやくに半分ほどきたときのこと——。

北から、もうひとつの軍団が、ローマへと凱旋してこようとしていた。同時期に勃発していたもうひとつの反乱——スペインの「セルトリウスの乱」を平定した、ポンペイウスの軍団である。

スペインからの帰途、クラッススに討ち洩らされた、女子供を含む五千人を、ポンペイウスはとらえた。一時はローマを占領せんばかりだった奴隷どもも、いまとなっては武器も戦意もうしない、這う這うの体で故郷ガリア方面に脱出しようとしていたのだ。

こんなとき、
若きポンペイウスは、利にさとかった。とらえた敗残兵と女子供について、「スパルタクス軍の本隊をとらえた。」と、得々として元老院に報告した。

——ポンペイウスがスパルタクスをつかまえた！——

クラッススの不運は、スパルタクスの首を持っていなかったという、ただその一点につきた。

元老院には、彼の出した反乱鎮圧の報告書も、届いてはいたのだ。だが、このころまだ、元老院は、「議事録を公開する」という習慣をもっていない。不確かなうわさは、あっというまにローマじゅうに信じられた。

——聞いたか聞いたか。スパルタクスを処刑したのは、クラッススじゃなくてポンペイウスのほうだってよ。さすが若き殺し屋、偉大なるポンペイウス！　スペインを斬ったかえす刀で、奴隷反乱もおさめてのけたぞ！——

クラッススは怒り狂った。そして、その怒りの矛先を、じぶんが捕虜にしていた奴隷どもにむけた。不服従奴隷にたいする最も重い罰が、磔《はりつけ》だ。生きたまま手足を材木の十字架に釘でうちつけ、その両わき腹を槍で刺しつらぬき、そのまま絶命するまで何日でも放置するという、すさまじい極刑だ。

「――使い番はいるか。」

額に手をあて、頭をふっておぞましい回想から覚めながら、クラッススは馬車の外に声を投げた。だれにでも、「合わない相手」というものは、いる。ライバルのうちはまだいい。それが同僚や上司になったら、えらいことだ。ことに、相手があのルクルスともなれば――。

「使い番のメーロスはいるか。」

ラティーナ街道をゆく馬車のなかから、いちばん足の速い若い奴隷を、クラッススは呼んだ。

「プルケルの奥さまへ一筆さしあげたい。」

馬車を止めさせ、その窓から、クラッススは秘書奴隷に急ぎの手紙を口述筆記させた。

「帰途、街道の分かれ道に立ち、アッピア街道をおつくりになった貴女のご先祖に思いをいたした。あなたの上の弟御アッピウスどのは、その御名を継がれたかた。このクラッススも、ローマ市民として、どうして敬意をいだかずにおられようか。――ローマでもっとも古き血の女性よ。さきほどのことは水に流され、このクラッススにも、どうか、下の弟御をすくう手助けをさせてもらえないだろうか。」

文面を確かめ、証拠の指輪印鑑で封をすると、彼はそれをうけとる使者奴隷に命じた。

「大いそぎでな。金高と、期日と、受け渡し場所だ。このごろの海賊は凶暴だ。売り飛ばされるくらいではすまないかもしれない。」

相場は五十タラント――？　高くなったものだ。――いや、天下のクラウディウス・プルケルの御曹司となれば、七十から百の間ぐらいか――。

来た道を、いっさんにひきかえしてゆく若い奴隷をみおくり、クラッススの馬車は、ふたたびローマへの道を、一段とスピードをあげて、はしりはじめた。

馬車が、ゆれる。

車体の不具合ではない。道だ。

ここも修理不足だな、とクラッススは思う。こちらもこれでは、向こうのアッピア街道は、荒れ放題だろう。工事は、いつからしていなかったろうか？

さて、この道普請、だれに任せたらよかろう、と、「元老院の影の第一人者」クラッススは思いをめぐらす。――そうだ、あいつは？

クラッススの脳裏に、その男の、いつもの上機嫌な顔が浮かぶ。

ガイウス・ユリウス・カエサル。

テウトーリアのお気に入りだ。

ううむ、カエサルか。

クラッススは思いをめぐらす。こんどは楽しい回想だ。クラッススはほほえむ。

あの図太さは並大抵ではない。うちからの借金だけで、もう幾らになったかな。ふつう、あんなに背負《しょ》いこんだら、すこしはガックリくるもんなんだが――。

それに――そうそう、あれだ。

クラッススは思い出した。

身代金七十タラント！　スッブラ住まいの、貧乏貴族の若造に、七十タラント！

それには、当時ローマじゅうが驚いたものだ。若きガイウス・カエサルののった船が、小アジアで海賊のえじきとなったときのことだ。海賊が「二十」というのを、カエサル自身が「五十」につりあげ、さらに友人のぶんの二十タラントも追加させたという話は、すでに伝説となっている。

あれは――あの肝っ玉はたぶん、母親譲りなんだろう。

クラッススはおもう。

あの母親は、女傑だぞ。さっきのクラウディア・メテリの醜態とは大違いだ。――なにしろ、泣きもわめきも懇願もしないで、すずしい顔でわたしからその七十タラントを借金してのけたんだからな。いやいや、じつに惚れぼれした。こっちのほうが、おどおどしてしまったっけ。ほんとうに、さっきのクラウディア・メテリとは大違い――。

ふいに、またいやな気分になって、クラッススは身ぶるいした。身代金を払って助かったあとの、カエサルの所業を、おもいだしたからだ。

聞くところによれば、ガイウス・カエサルは、自分をつかまえた海賊に、復讐をした。本拠地の島ごと陥落させて、身代金以上のおたからをせしめた上に、一人のこらずはりつけ獄門にして海上にさらしものに――。

ううう。

あの朗らかな男が、なんでそんなことを――。

突然、馬車が停止した。

「う、どうした？」

「旦那さま。」

秘書奴隷が、車の足おきのところにとびのってきた。

「この先の道で、荷車が横転しているようです。――どういたしましょう。ローマにも人を走らせたほうがよいとぞんじますが。」

「む？」

いかにクラッススといえども、百枚もの金貨を右から左へというわけにはいかない。海賊は、ローマの銀貨を嫌うからだ。

金策には、すくなくとも半日。

「そうだな。そうしよう。誰か、メーロスのつぎに早足のものは？」

ちかごろの海賊は大胆だから、きっと人質をつれたまま、すぐちかくまで来ているにちがいない。

金は明朝、早馬でとどけさせれば、たぶん、二、三日ぐらいあとには、ナポリ湾の海岸のどこかで、金と人質の交換が完了するはずだ。

クラッススは、事態を楽観していた。バイアの女王クラウディアの、クジャクのごとき見栄っぱりと、そのおそるべき見通しの甘さを、考慮にいれていなかった。

さよう、このときすでに事態は、彼の見立てよりも、もっとずっと切迫していたのだ。

## Ⅳ

夏がきた。

スッブラ坂の中腹にあるカエサル家は、またも、喪のかなしみにしずんでいる。

「お気の毒に。またお葬式――。」

玄関先のあぶり焼き屋のおかみさんが、ご亭主といっしょにおくやみを言いにきて、涙をこぼしはじめた。

挨拶を受けたのは、ガイウスの母アウレリアだ。

すこし前まで、もうすこし黒かった髪は、心労でさらに白さを増している。それをみたおかみさんが、またはげしく泣きだした。

賢母アウレリアは、一家の主婦として、喪主の仕事を代行している。ひと月もしないのに二つ目の葬式を出す羽目になったガイウスは、今度は泣きの涙にかきくれて、まったくものの役にたたなかった。

ゆうべおそく、病人が息をひきとったすぐあとから、まるで三歳の子供みたいに、遺体のそばからはなれようとせず、なんとかなだめすかして納棺はおえたが、いまも分厚いカーテンで仕切られた、奥中庭の「一家の祭壇《エセドラ》」の前――花でおおわれたひつぎのそばにすわりこんだきりなのだ。

愛妻、コルネリアが死んだのである。

なにか、彼には、予感のようなものがあったのかもしれない、とアウレリアは思う。

スペインから帰ってきてこちら、息子はあまり母親のそばに寄ろうとはせず、家にいるときは、愛する妻のそばに、ぴったりとくっついていた。あの晩――、マリウス未亡人ユリアの葬式のあとの、――そう、コルネリアが倒れた晩も、ガイウスは彼女に、外出のしたくを手伝ってもらっていた。すこしでも、彼女とのあいだに、他愛ない、やさしい時間を持とうとしていたのだわ――。

アウレリアは、世間では浮気者の遊び人でとおっている息子の心中を、みずからの身にひきうつして、そう想像する。

なにごとも理詰めで考える癖のついている彼女は、嫁コルネリアとの思い出やらなにやらを、とりあえず頭のかたすみにおいやっている。カーテンの向こうでまた号泣をはじめた喪主の世話は、二人の孫やお付き奴隷にまかせて、事務的に、葬儀の準備をすすめている。

「おさっしいたしますです、大奥さま。」

あぶり焼き屋の亭主がアウレリアに頭をさげると、おかみさんがまたも盛大に泣きだした。

「おかわいそうに、おかわいそうに。旦那さまもお嬢さまも、小ペディウスのぼっちゃんも。あんなに立派で貞淑な若奥さまは、ローマじゅうさがしたって、もう二人とはいらっしゃいませんもの。」

それをかえってこちらがなぐさめていると、執事奴隷のターレスがきた。

「大奥さま。ラビエヌスさまというかたが——。ご存じのかたでございましょうか。」

「ラビエヌスさま？　はじめてのかたでございますよ。」

おかみさんが、きゅうにけろりと泣きやんだ。

ご亭主があわててしかりつけ、ホイしまったウソ泣きがバレたとあわてる彼女に、アウレリアはおもわず吹き出す。

「コルネリアともいつも話していたのですよ。あなたがたご夫婦のおかげで、このうちには門番というものがいらない。本当に、ありがたいことですと。」

「お祖母《ばば》さま。」

奥中庭との仕切りの、カーテンのドレープのあいだから、小ペディウスが顔をのぞかせる。

「お祖母さま、ラビエヌスどのなら入ってもらってと、叔父上が。」

「おまえも挨拶するんだ小ペディウス。」

ガイウスの半分以上泣き声の声が、さらに向こうから飛んでくる。

「おまえの父上の、百人隊長だった人だぞ。」

ラビエヌスは、こちらが喪中だとは知る由もなく、明るい色のトーガのまま、困ったような顔で入ってきた。小ペディウスの立派な挨拶を、気まじめなようすで受けていたが、なんとか涙をひっこめたガイウスが応接室にでてくると、彼にうながされて、その困った顔のまま、もぞもぞと用件をきりだした。

「じつは——護民官《ごみんかん》になりたいんだ。」

定員二名の護民官は、平民か、平民貴族のための公職で、選挙で選ばれる。任期は一年。本来は、貴族階級の勝手を許さないために、騎士をふくむ平民たちが、自分たちの利益代表として立てるものなのだが、このごろはただ立候補するだけではだめで、貴族か、それに準ずる有力者の後援をうけていないと、当選することができない。

「それで——。」

ラビエヌスは、もぞもぞと言った。

「クラッススどのの援助をえられるよう、口をきいてほしいとおもって。」

なるほど。

たしかに喪中の家でするには、あまりふさわしい会話とはいえない。

ガイウスは、こういう礼儀作法にきびしい母をちらとみて、ラビエヌスに合図した。彼が、服をあらためて出直すといって出ていきかけると、ガイウスもそっと同じほうへうごいた。

呼びとめたのは、母の目のとどかないところまで出てからだった。玄関と通りのあいだは、あぶり焼き屋と、となりのべつな貸し店に挟まれた、ひんやりと暗い通路だった。

「ティトス。」

薄闇のなかで、ラビエヌスがふりかえった。

「きみ、キングルム村の出身だと言っていたよな。――キングルムといえばピケーヌムのちかくだろう？　なら、代々の保護者《パトローネス》がほかにいるんじゃないのか。」

「――――。」

ラビエヌスは、ガイウスの目をじっとみた。彼は嘆息した。

「そうだガイウス。――わが家には祖父の祖父の代からの『パトローネス』がいる。わたしもわたしの家ラビエヌス家も、かの地の大地主グナエウス・ポンペイウスさまの『クリエンテス』だ。」

やっぱり。

キングルム、ときいた時から、そうじゃないかと思っていたんだ。

グナエウス・ポンペイウス。「若き殺し屋」とか「偉大なるポンペイウス《ポンペイウス・マーニュス》」とかいわれている、当の本人。

クラッススとは、不倶戴天の敵どうしだ。

「ガイウス、つまりこういうことだ。」

ラビエヌスは肩をすくめた。話をきくうちに、ガイウスは、あまりにあんまりなその内容に、しだいに胸のうちがむかむかしてきた。

「わたしは、護民官に立候補しろという、ポンペイウスさまの仰せにしたがって、百人隊長の地位をなげうって帰国したんだ。ところが帰ってみれば、あのおかたは、すでにべつのものを護民官選挙に出すことになさっていて――。というわけだ。――選挙にもでられず、隊に戻ることもならず、つまりわたしは今――。」

ガイウスは顔をしかめた。

ひどいことを――。

たぶん、ポンペイウスがわの言い分としては、ラビエヌスの帰国が遅いのにしびれを切らした、というのがあるのだろう。任地ブリンディシから、船でまっすぐローマへ入ると思いきや、マルセイユに寄り道したうえ、アルプス越えまでするはめになったのだから、待ちきれなかったのも無理はない。

だが、
だからといって大事なクリエンテスにこの仕打ちはない。何代も前からの濃い間柄に、これはちょっとひどすぎる。

「クラッススどのは、困っているものを決して見捨てたりしない。」

ガイウスは、相手の肩をたたいた。

「わたしが海賊につかまった時も、我《わ》れからかけつけてくれた方だ。喜んで力になってくださるとも。」

ラビエヌスは、やがて、葬式用の暗い色のトーガにきがえてふたたび顔を出した。そのころには、あまりひろくないカエサル家は、ご近所の皆さまから、アティウスやコスッティウスなど累代のクリエンテス――裕福とはいえないカエサル家にとってそれは、友であり選挙のときの支持者であり協力者、また『万が一のときの金主《きんしゅ》』である――そのほか近い親戚遠い親戚、ここ半月ばかりで知り合いになった元老院議員までが集まって、かなりこみあいはじめていたのだが、肝心のクラッススはなかなかあらわれなかった。

「クラッススさまですよ。」

本日は開店休業の、あぶり焼き屋のおかみさんの声がひびいたのは、昼をすこしまわったころだ。上席にすわっていた議員たちが、一斉に立って場所をあけた。ほかのものも、有力者に挨拶しようと立ち上がった。「クラッスス」が入ってきた。

「父の名代でまいりました。息子のプブリウスです。」

人々がざわめいた。

入来したのは、まだ若い、トーガの着付けも初々しい青年である。

「父はいま荘園検分のため遠出しておりまして——。カエサル議員どの、このたびは——。母も心をいためております。」

クラッスス家の、太りやすい性質を、青年はあまりうけついでいないように見えた。さりとて、テウトーリアのほっそりと優雅なからだつきに似ているわけでもない。たぶん、クラッススが継がなかった、青年の祖母あたりの血が、実の父——クラッススの兄をつうじて、おもてにあらわれているのだろう。

喪主とのかたどおりの挨拶がすむと、青年はひとびとにとりかこまれた。明日の葬儀に、クラッススがくるかどうか、皆はそれを聞きたいのだ。青年の返事ははっきりしない。有力者の息子とはいえ、青二才だ。なんとか失礼にならないようにと受け答えしながら、ガイウスと話したそうにこちらをみている。そのうち、彼についてきた奴隷が、そっとガイウスにちかづき、耳打ちした。

「カエサルさま。夢占い師に会うのはいつがよいかと、テウトーリアさまが――。」

「――。」

夢！　今、その話か。ここで、その話か！

ガイウスはうめき、おもわず頭をかかえた。

「夢？　なんの話ですか？」

なにもしらない母が、よこできことがめ、顔をしかめる。奴隷ははっと気づき、これは不調法をといってひきさがった。


葬儀に、クラッススは来なかった。

クラッスス家からは長男プブリウスとその弟マルクス――こちらは父マルクスと直《ちょく》で血がつながっている証拠に、成長したら太鼓腹まちがいなしという感じの――が出てくれたが、父親のクラッススは、ついにあらわれなかった。

ガイウスもまた、なかなかクラッスス家におもむくことはできなかった。

前回とちがい、同居する妻の喪は、別の家に嫁にいった伯母のそれより、ずっと重い。ガイウスは何日も、汚れた色の服のまま家にひきこもらねばならず、そのあいだ、議会にでていくことも、弔問以外の客と会うことも、風呂で身体をあらうこともできずに過ごした。

クラッススは来ない。

結局、ガイウスがクラッススに会えたのは、喪が明け、ひげをそり、不潔にのびた髪もさっぱりと手入れして、夢占いのためにクラッスス夫人のもとへおもむいたときだった。

夫人は、玄関まで彼を出迎えた。

「エジプト人の占い師よ。これがよく当たるの。ちょっと前に行方不明だったプルケルの御曹司の居場所も言い当てたのですもの。」

クラッスス夫人が先に立って、ガイウスは、奥へ招きいれられた。あの晩、かがり火やランプにてらされ、招待客でいっぱいだった中庭も奥中庭も、いまはつよい昼の日をあびて、ひろびろと静まり返っている。

「ガイウス――。」

彼女は、奥中庭をかこむ列柱のところでたちどまった。

「あなたの奥さまには、もうしわけないことをしたわ。――お身体のわるいあのかたから、わたし、あなたをずっと取り上げてきた。それをどんなふうに思っておいでだったか――。」

かなしげに、彼女は顔をおおった。

「何といわれても仕方ないわ。いいえ、おっしゃりはしなかったでしょうよ。わたしみたいな下々の出ではない、名門のお嬢さまですもの。でも――きっと思っていらした。わたしが、仇《かたき》討ちのために意地悪しているって。そうにきまっている。だって、わたしのまえの夫は、あのかたのおとうさまに

——、それでマルクスもひどい目にあって、それで——だから——。」

「テウトーリア。」

ガイウスは彼女をさえぎって、後ろから甘い抱擁した。耳もとに口をよせ、かるくキスした。

「わたしはうれしかったな。あなたがいてくれて。それがどれほどわたしのなぐさめだったか。」

「まあ、ガイウス——。」

「あなたがいてくれたおかげで、わたしは妻のまえでいい夫でいられたんだ。妻もそれはよくわかっていたと思うよ。」

「ガイウス。」

くるり、とクラッスス夫人はふりかえった。

「ね、それを言うの、わたしで何人目？」

ガイウスと彼女は数瞬、みつめあい、それからどちらからともなく、ぷっとふきだした。あとはお決まりの抱擁と接吻。二人は恋人。かたい絆の恋人どうしだ。

「奥さま。」

奥の食堂につづく入り口から、遠慮気味な執事奴隷の声がした。エジプト風のベールをつけた長衣の男が、案内されてきている。

テウトーリアが言った。

「あれよ。アレクサンドリアから来た、元は神官だそうよ。」

元神官は、南国の民らしく赤銅色に日焼けし、目を、黒い顔料でエキゾチックにふちどっていた。その目が、こちらを、じっとみている――。

とつぜん、占い師がはしりよってきた。執事の案内もまたず、不作法にも庭をまっすぐよこぎって彼の前へいたった。その口からとびだした言葉に、ガイウスはおどろき、愛人をかかえたまま、その場を一歩とびのいた。

「世界の王に、ごあいさつ申し上げます。」

占い師はまるで己《おの》れの神にでもするように、深々と膝を折って平伏した。

テウトーリアが、ガイウスの腕のなかで、ふるえあがった。

王だって？　それも世界の？

テウトーリアと、クラッスス家の執事奴隷と、自分と、そのほかに、この途方もない冗談をきいたものがないかどうか、ガイウスはおちつきなくあたりをみまわした。

このローマで、ローマ市民の、男が、「王」などと、たとえ冗談でも自称しようものなら、それは「わたしは反逆者です。」と言っているのとおなじことだ。あっというまに「元老院最終勧告」というおそろしいものが出て、裁判もなしに命をとられる羽目になる。

奴隷が、聞いていなかったふりのつもりか、中庭の四角い空をみあげ、雲をかぞえている。

テウトーリアが声をふるわせた。

「なにごとです、その答えは。それが夢の答えなのですか。」

彼女も、占いの結果は聞かされていなかったのだと、ガイウスは遅まきながらきがついた。

「はい奥さま。」

エジプト人は平伏したまま言った。

「このかたの背後の光を、ごらんいただただけないのが残念でございます。吉夢。このうえない上々吉《じょうじょうきち》でございます。」

元神官は顔をかがやかせていた。「王」という言葉が、このローマでは不吉そのものだということを、まったく理解していない様子だった。

「このかたのごらんになった『母』というのはすなわち、エジプトでいう天空ヌト女神にほかなりません。それと交合し子種をはなつことができますのは、天空の夫にして大地である男神ゲブのみ。あまつさえこのかたは、天空ヌトを下敷きに、その上におおいかぶさったとのこと。つまり夢は——大地と天空を二つながら——、全世界を支配なさるという意味でございます。」

「エジプトの神のことなど聞いていません。」

テウトーリアが声をつよめた。こめかみに、青すじがたっていた。

「ここはローマです。」

「いえいえ同じでございます、奥さま。」

神官は、自信満々だった。

「このかたのご先祖はギリシャの美の女神ウェヌスだそうではございませんか。ギリシャでは大地を母、天空を父ともうすとか。同じでございますとも。母なる大地との交わりは、おなじく世界の王となられる前触れでございます。」

「この男、信用できるのですか、テウトーリア。」

ガイウスは言った。テウトーリアはあおざめていた。答えは、彼らの背後——カーテンのドレープのむこうの、主執務室からきこえてきた。

「その男は有名なシーワの神官だ。」

クラッススがはいってきた。

「オアシスで有名な、リビア砂漠シーワの、アメン神殿の神官だ。いにしえ、大王アレクサンドロス自身が、神の子であると神託をうけた、あの神殿の。」

なにかがくずれる音がした。

テウトーリアが、腰をぬかしたのだ。


「すべてが符合しているぞ、ガイウス・ユリウス・カエサル。」

クラッススは言った。

「きみが問題の夢をみたのは、ガデスのヘラクレス神殿の、アレクサンドロス大王の像に感銘をうけたその夜だったな。それで、夢を説いたのが、アレクサンドロス自身が神託をうけた、シーワの神殿の神官とくれば、もう間違いない。夢は正しく解かれた。これこそきみの運命だ。」

「そんな——。ちょっと待ってくれ。そんな途方もない。」

「あなた——。」

クラッスス夫人が、寝椅子の上で、ようやく正気づいたようだ。

「あなた、マルクス、占い師は？」

「帰すものか。もちろん雇い入れた。占いの代金《だい》に、口止め料をたっぷり上乗せしたのを、まあ月々五年も払い続けてやれば、そのうち自分が何をいったかも忘れてしまうだろう。——気にするなガイウス。これは三人だけの秘密だ。わたしと、妻と、きみだけの。」

「そうして。そうして頂戴マルクス。それがいいわ。」

うわごとのように、彼女は言った。

「どうしましょう。どうしましょう。ちょっと遊びのつもりだったのにこんなことに。ガイウスは？ガイウスは？」

奥さまづきの小間使いがきて、彼女をなだめて、水をのませはじめた。

「さてガイウス。」

クラッススがいった。

「きみのような男でも、泡をくうということがあるんだな。」

「わたしはむしろ、これで驚かないやつがいたらお目にかかりたいものです。」

「ははは。」

マルクス・クラッススは笑い、ちょっと来い、と目であいずした。

食堂をぬけて、奥中庭の裏手にまわると、そこに、二階への階段があった。奴隷部屋への通路だ。

クラッススは、背中をまるめて、天井の低い急な段々をのぼりはじめた。

「ショックをうけているところもうしわけないが――。ちょっと覚悟してくれ。こっちもなかなかにショッキングだ。」

屋根裏部屋は、暗く暑苦しく、いくつもの穴倉のような小部屋に別れていた。旦那さま突然のおでましに、休んでいた奴隷が総立ちになり、整列してでむかえる。

クラッススが鷹揚に手をふり、皆をそれぞれの場所にたちかえらせると、一番奥の部屋に、一人の男が残った。ギリシャ人のようだった。

番人のように立つそのギリシャ人が、錠前をはずし重い扉をひらいた。中は、窓の鎧戸がとじられ、真っ暗――。

「開けてくれ。」

――うわ。――

とっさに鼻をおおい、ガイウスはおもわず顔をしかめた。

最下層の市民が住む、共同住宅《インスラ》の、トイレのない高層階でも、こんなに臭くはないだろう。馬小屋？　牛小屋？　糞尿の始末を、どんなにきれいにしてもただよう、動物飼育に特有の臭気。とにかく、人間のにおいではない。

なにか珍奇なけものが連れて来られているにちがいない。何だ？　ショッキングな、とクラッススは言っていたが——。

鎧戸の下のベッドに、袋のようなものをかぶせられたなにかがうごめいていた。奴隷が、ランプを持ってきた。それを手に、クラッススが中に入った。

ひっ、ひっ——、と、袋が奇声を発した。鳥？　とガイウスは思った。

「これだガイウス。君を見込んで、相談したいのだ。」

クラッススは袋を剥いだ。中の生き物が、まるで女怪物セイレーンのような絶叫をあげた。

「脱がさないで！」

それは言った。

「脱がさないで。あ、あ、トーガを——トーガを返して——ぼくのトーガを！」


「なにごとがおこったのです。どうしてあんなひどいことに。そもそも、あれは誰なんです。」

「プルケルの御曹司だ。プブリウス・クラウディウス・プルケル。」

「なんですって。」

うそだろう。ローマでもっとも高貴な家柄の、プルケル家の御曹司が——。

「じつは、ギリシャ本土へ行っていたんだ。」

クラッススは、ことの前段をかいつまんで話し、そしてつづけた。

「クラウディア・メテリに相談されたときには、すでに手遅れだったんだ。身代金の支払いは翌朝に迫っていて、わたしはそれに間に合わなかった。――いったん助けると決意したものを、みすてるわけにはいかないだろう？　だが、海賊船は沖から消え、手がかりはない。――そしたら妻が――テウトーリアがあの占い師をつれてきて――。」

デロスの奴隷市場へ行け。

ものやひとのありかを尋ねるとき、エジプトでは、数種類の木札と、サイコロをつかうのだという。

「半信半疑だったが――当たったんだ。さっき扉の番をしてた友人のポリュヒストルが、とにかく手を尽くして調べてくれて――。でも人質の身柄はすでに海賊から奴隷商人の手にわたってしまってて、結局最後の勝負は競《せ》り台の上になった。相手はミトリダテスの後宮役人。――値はきくな。敵はこっちがローマ人と知って、嵩《かさ》にかかって競り上げてきたんだ――。」

プブリウス・クラウディウス・プルケル。

彼の名は、こうなると、暗示的だ。

その家名プルケルは「美しい」という、そして個人名プブリウスは「公共の」というラテン語をもとにできあがっている。

海賊船で、奴隷商人の商品監禁部屋で、若者はトーガをはぎとられ、裸にされて、その名のとおり、「美しき公衆トイレ」として「使用」されたのだ。このうえ、もし、後宮役人のほうに競り落とされていたら――。ガイウスはおもわず身震いした。

ポントスのミトリダテス。それは言うまでもなく、ローマ最大の敵、数あるオリエント君主のなかで、もっともローマをにくんでいる男の名だ。その彼が、ローマ製の生きた排泄器具を、じぶんの宮殿で、どんなふうにあつかうか——。

「わかりました、クラッスス。」

ガイウスはいった。

「まかせてください。人目につかない、いい場所があります。」

「おおガイウス、恩に着る。」

「ただし、高くつきますよクラッスス。」

「もちろんだ。掛かりは全額うちで持たせてもらう。ほかには？　いまならなんでもきくぞ、世界の王さま。」

そのジョークに、ガイウスは苦笑した。そして、いかによく当たるとはいえ、占い師の世迷《よま》い言《ごと》ときを盾にとろうとしないクラッススの、いつもながらの太っ腹に、感嘆と感謝の念をおぼえた。

「では——わたしのほうにもちょっと、ご相談したいことが。こうなると、そいつがわたしと出会ったのも、なにか意味があることに思えてくるのですが——。クラッスス、覚えていますか、ガデス神殿の、アレクサンドロス像の、顔。」

面差しの似た男がいる、と、ガイウスは言った。

「キングルムのティトス・ラビエヌスという男です。護民官になりたいと言って、わたしのところにきたのですが――。」

「――わかった。」

話をきくと、クラッススはすぐにうなづいた。

「そのラビエヌス、いちどわたしのところへ連れてきたまえ。気の毒に。ポンペイウスの鼻をあかすためにも、かならず当選するよう尽力しよう。」


ローマ市のほんのすこし南に、山と森と湖にかこまれた、小さな別荘地がある。名を、アルバ、という。いにしえ、このアルバには「国」があった。ローマ市建設の母体の一つとなった、古代アルバロンガ王国である。ギリシャの英雄アエネイアスを祖とし、栄華を誇った王国は、七百年も前にローマによってほろび、住民はみなローマへと移住して、国も町もさびれはてた。いまはただの、ひなびた別荘地だ。


この一隅に、かつて、はるかオリエントの小国に生まれ、その国の王女だった女が、ひとり、気心のしれた家内奴隷たちとともに、ひっそりと暮らしている。

「ニュサ姫さまがおいででございます。」

片目の執事奴隷マムラの、しずかによばわる声がし、元ビチュニア王女ニュサが、鈴の鳴る音とともに出座した。

鈴の音は、彼女が肩に手をおいている女奴隷の足首にある。その見えない目を、見覚えある光る布で隠して、姫は彼女にみちびかれて歩み入ってきた。

「姫さま。ガイウスさまが、ご友人のクラッススさまをお連れになりました。」

扉をしめた青年執事は、こんどは姫にむかって客の名をつげた。

「ガイウス。それにクラッススさま。」

姫は、正確に、二人のそれぞれを向いて挨拶をした。生まれたときから音と気配だけの世界に暮らしている彼女には、常人には想像もつかない不可思議な認知力がある。

クラッススが驚きながら、面倒をひきうけてくれた礼をいうと、ビチュニア王女はほほえんでかぶりをふった。

「頼ってくださってうれしく存じますクラッススさま。――ポントスとその王ミトリダテスは、わたくしにとっても仇敵。さいわいここなら離れもあり、ご病人を、人目にかからずお世話することができましょう。」

やわらかな微笑。頬の輝きにも、唇のかすかな紅色にも、王女の誇りがみちみちている。

彼女の王国ビチュニアは、いまローマの属領として、「属州ビチュニア」と呼ばれていた。ミトリダテスによる蹂躙だけは避けようと、彼女の父王が、その死にさいして、国をあげてローマの庇護下に入るよう、遺言したのだ。彼女と国民はそれにしたがい、ミトリダテスの奴隷ではなく、平和裡にローマ属州民となる道をえらんだ。

だがいま、その属州は、王の遺志もむなしく、ミトリダテスの手に落ち、無法と荒廃のきわみにある。

「お世話はこのマムラにいたさせます。」

王女は片目の執事をクラッススに挨拶させた。クラッススは彼の顔に目をとめ、その美貌の右半分――目から頬にかけてを覆う布を見た。

王女のとおなじものだと気が付いたな、とガイウスはおもう。――だが大丈夫だ。クラッススなら、そのへんのあさはかな連中のような勘違いはすまい。ガイウスは言った。

「もとはわたしの奴隷です。わたしが命じて、姫に仕えさせています。」

「ガイウスの――。そうか。ならば余計に安心だ。」

クラッススは喜び、そして、この日もいそがしそうに、ガイウスを置いて先に帰っていく。選挙が近いのだ。


「ティモテ！　久しぶり！」

執事マムラは、玄関で無事クラッススを送りだしてしまうと、そこに、ガイウスをまってひかえている沈黙の男ティモテオスに、子供のようにだきついて親愛の情をしめした。

「あんたも？　あんたもあいたかった？　僕に？」

ティモテオスもうれしそうに笑いだしていた。あいたかった。スペインへ発って以来だ。ちょっと見ない間にまたたくましくなったじゃないか。――そう言いたいのだが、彼の口から言葉は出ない。

沈黙の奴隷はマムラをだきしめ、乱暴なくらいに背中をたたいた。マムラは痛がり、自分でも相手の肩をびしびしやりながら言った。

「皆は？　皆は元気？　ギュリッポスは相変わらず？　——あ、——そうだった、奥方さま——。若奥さまが亡くなられたのだったっけ。」

二人はならんで、玄関の石積みのところにこしかけた。マムラがしゃべり、ティモテオスがひかえめな身振りでこたえ、それで十分に会話が成立した。

「旦那さまは再婚をなさるのだろうね。」

「——。」

「うちの姫さまがとてもご心配なんだ。どんなおうちから、どんなかたをお貰いになるか——。」

ローマ社会において、結婚は政治である。娘をどこへ嫁にやるか、どんな家の女を妻にするかで、政治的立場まできまってしまう。それゆえ、有力者ほど、結婚離婚ははげしい。クラッススの政敵ポンペイウスも、すでにいまの妻ムチアで三人目になる。テウトーリアひとりを守っているクラッススなどは、めずらしいほうだ。

「クラッススさまのとこがご子息だけっていうの、こうなるとありがたいよね。力の強すぎるかたの令嬢は困るよ。ねえティーモ、どこかにいないかな。名門で、できれば元老院派で、あんまりお力はなくて、旦那さまのおこころざしの邪魔にならないていどの——。」

ティモテオスは知っている。このところ、主人ガイウスは、二人の女を、頭の中で天秤にかけている。カトーの姉セルヴィーリアと、スッラの孫娘ポンペイアだ。

ティモテオスとしては、ポンペイア姫のほうがおすすめなのだが。なんといっても、スッラさまはすでに故人。お名前だけが力をもって世間にのこっている、というのがいい。

小間使い奴隷が、マムラをさがしにきた。姫さまが、なにかをとってこいと言っているらしい。マムラは立っていき、もどってくると、おおきくためいきをついた。

「ああびっくりした。まったくもう姫さまときたら――。」

母王妃さまの形見の、こんな――とマムラは指で自分の目玉くらいの丸をつくってみせた。

「こんなみごとな真珠を、旦那さまに『お使いなさいませ。』だってさ。まったく、惜しげもないんだから。」

マムラは頭をかかえる。

「執事の身にもなってほしいよ。いくらローマから年金があるっていったってさ。この別荘だって、維持にいくらかかると思っておいでなんだか。ああもったいない。あんな立派な真珠、にどとお手には入らないっていうのに。――え、なに、なんだよ、なにが可笑《おか》しいのさ。」

ティモテオスは笑った。マムラの昔――その顔の傷のいわれを知る身には、彼が今、女主人の世間知らずを嘆く、一介の執事であることに、安堵せずにはいられないのだった。

ほどなく、
小カトーの義理の姉で、ブルータス家の未亡人セルヴィーリアに、正体不明の男から、人間の目の玉と同じくらいの大きさの、巨大な真珠がプレゼントされたというニュースが、上流社会の既婚婦人たちのあいだにひろまった。

——すごいのよ。こんなよ、こんな！——

それを「見た」という淑女が、マムラとおなじく、指で丸をつくってみせながらささやく。

——わたしもね、さいしょつくりものだとおもったわ。でもちがうの。光り方が正真正銘なのよ。——

話をきいたべつの女が、夫にその話をし、夫は宝石にくわしい知人にそれを話した。

——目の玉ですか。ううむ、話半分としても——。——

まず六百万セステルティウスは下りますまい、と知人の男は値踏みした。

六百万！　六百万ですって!?

女たちは狂喜した。

セステルティウス銀貨六百万枚！

国際通貨であるギリシャ金貨の「タラント」に直しても、二百五十枚必要だ。金貨二百五十枚だ。ローマでいちばん高額な銀貨デナリウスだと、百五十万枚——。

いったい、奴隷が何人買えるだろう。それも、とびきりの美男子が！　いえいえ、それよりわたしは別荘が欲しいわ。ちょっと！　そんなものじゃ使いきれないわよ。六百万よ、ろっぴゃくまん！

あのクラッスス家の全財産くらいあるのよ！

セルヴィーリアはしかし、なかなか問題の宝石を身につけようとはしなかった。母一人子一人の未亡人宅には、名家から成りあがりまで、ローマ市内すべてのパーティーから招待状がとどき、ぜひ、その送り主とごいっしょに、と、その門前は、その使いの者たちでひとしきりにぎわった。騒ぎが加熱し、もとから彼女をよく思っていなかった一派が「見栄をはったのではないか。」とうわさしはじめたころ、その女たちをふくむローマじゅうの名士たちのところに、クラッスス家からの招待状が回った。

――今宵、当家に、ユニウス・ブルータス家の未亡人セルヴィーリアが、話題の真珠とともに登場する。――

その夜、

クラッスス家の宴席は、女たちのためいきと、男たちのとまどいのうめきにみたされた。

こっくりと、とろけるような、まるであわだてたクリームにはちみつをまぜたような色の真珠は、その巨大さのため、ブローチにしたてられていた。その重さで、セルヴィーリアのドレスの胸元はV字にたれさがり、むっくりとした乳房のその谷間に、真珠が、まるで海の泡のように浮き沈みしている。

女たちは陶然となった。そのとき、ひとびとの頭上に、甲高い、絶叫がひびきわたった。

「カエサル！　おまえか、ガイウス・ユリウス・カエサル！　よくこそわが姉を誘惑してくれたものだ！」

人々は、冷水をあびせられたようにかたまった。

叫んだのは、この場には不似合いなほど質素なトーガをまとった小カトーだった。人々はそのときやっと、話題の女をエスコートしているのが、このところ何かとお騒がせの新米元老院議員であることにきがついた。

「ガイウス――。」

クラッススがごくりと空つばをのんで、うめくようにいった。

「きみか。きみなのか、――その、お、送り主というのは――。」

ガイウスはほほえんだ。セルヴィーリアと目をみあわせ、二人そろってひとびとにむかってほほ笑んだ。

質素なトーガが、出口にむかってひるがえった。

「カトー。小カトー。まちたまえ、マルクス・ポルキウス。」

クラッススの呼びとめるのもきかず、小カトーは出口へむかって突進していった。

普段ならこの種の集まりには絶対に出てこない小カトーだった。話題の主の弟というので、当然のように招待され、しぶしぶ、顔を出していたのだった。

なんということだ！　なんと不埒で破廉恥な！　このマルクス・ポルキウス・カトーの姉ともあろう女が！　こともあろうに犯罪者マリウスの甥なんかにコロリとだまされて！

ガイウスは宝石のでどころを、さきごろ亡くなった伯母が、クリエンテスだったマケドニアの大富豪に預けていた遺産だ――と言ったが、正直なところクラッススには、そんなことはどうでもよかった。

興奮になかなか帰ろうとしない客たちをどうにかおくりだしたあと、妻とガイウスとの三人だけになると、クラッススはおさえていた怒りを爆発させた。

「いいかね。問題は三つだ、ユリウス・カエサル。」

彼は本気で怒っているしるしに、いつものような個人名ではなく、よそよそしい氏族名と家名で彼を呼んだ。

「その一、わたしに無断で、彼女をエスコートしたこと。その二、彼女が小カトーの姉であること。その三、――ええと、その三はなんだ。――とにかく、とにかくだ。なんでわたしにまで黙っていたんだ。あんなナポリの火山みたいな男の、実の姉とくっつくなんて、きみはローマを破壊する気か。」

「もうしわけありません。」

ガイウスはすまなそうに肩をすぼめた。

「でもあなただって言っていたではありませんか。彼は上《うえ》つ方《かた》に受けがいいと。わたしはただ、元老院でうまくやっていくには、彼との縁が欠かせぬと――。」

「うう、ううう。」

すると、テウトーリアが、意外にものんびりと言った。

「まあまあマルクス。そんなに怒らないことよ。」

「テウトーリア、きみは――。」

テウトーリアがおちつきはらっている。いつもならこんなとき、まっさきにめんどりみたいにさわぎだすのに——。クラッススはひとつ、おおきく息をすいこんだ。

「きみは知っていたな。」

「ええ。セルヴィーリアに相談されたの。派手にやらなくちゃ。われらがガイウスの初店出しですもの。」

「テウトーリア！」

クラッススはわめいた。

「きみは誰の妻だ！」

そう言って、クラッススは黙った。すばらしいアイディアが、彼の脳裏に浮かんだのだ。

「ガイウス。結婚だ。結婚したまえ。すぐに結婚するんだ。いや、セルヴィーリアではなく——テウトーリアとでもなく！」

もっと穏当な女がいるだろう、とクラッススは言った。

「結婚だ。とにかく結婚だ。小カトーが本格的に頭から湯気を出しだすまえに、しっかり身をかためてくれ。相手？　相手——。そ、そうだな、テウトーリア、だれかいい令嬢を知らないかね。」

翌月、
ガイウスは婚約した。相手は、このあいだのパーティーで出会った、あの赤毛のポンペイアだった。

セルヴィーリアのほうにも、縁談がおしつけられた。激怒した小カトーが、姉に、じぶんの子分の、つまらない男をあてがおうとしたのだった。セルヴィーリアはわらって、その男を縁談ごと蹴飛ばしてのけた。

V

年があけると、すぐに元老院が召集された。

この年（BC67年）の護民官――ガビニウスという男が、ひとつの重要法案を提出したのだ。ガビニウスは、クラッススの敵ポンペイウスのクリエンテスである。当然、その提案は、親分であるポンペイウスを利するものであった。

議場では、議員たちをまえに、怒りに額をあおざめさせた「元老院第一人者」の老カトゥルスが、演説をはじめている。

「諸君。なにが悪いといって、正義を標榜することほど罪ぶかいものはない。ガビニウスのいう海賊退治はたしかに結構だ。だれも反対できない。そここそが、今回の大問題なのだ。」

みな、すでに法案の中身は承知していた。護民官ガビニウスは、元老院召集にさきだち、これをフォロ・ロマーノでの「市民集会」にかけていたからだ。

――オリエントでルクルスが苦戦しているのは、地中海が平穏でないせいだ。市民諸君、地中海に跳梁跋扈《ちょうりょうばっこ》する海賊を一掃しよう。不可能ではない。総司令官には、セルトリウスの乱をしずめたわれらが偉大なるポンペイウスを任命するのだ。彼に、三年の任期をあたえ、二十個軍団と五百の軍船、億万の軍費をつぎこめば、かならず地中海はローマの手に戻るだろう。——

「三年任期？　二十個軍団？　いったい、どこの専制君主がこんなことを考え付いたのだ？　ローマ共和国の、いやしくも市民たるものが、人前で口にするせりふとは、とうてい思えない。」

ガイウスはクラッススとは離れ、新米議員らしく、議場のすみのほうに席をとって、開会にのぞんでいた。クラッススは、古参議員の最前列で、機嫌わるそうに、ポンペイウスと席をならべている。

「あまり真面目に聞かんほうがいいぞ。」

がっしりと田舎風な顔だちの、となりの議員がはなしかけてきた。

「いつもああなのだ、われらが『議長どの』は。」

その男にいわれるまでもなく、ガイウスは老人の顔をよく知っている。議員になる前から、神々の丘カピトリーノの神殿で、同僚神祇官としてともに神事をつとめてきた、クイントス・ルタティウス・カトゥルスだ。「元老院第一人者」とは、「議会で最初に口をひらくもの」の意で、つまりは「議長」のことだ。

「わたしはキケロだ。」

はなしかけてきたその男は、小声で、名乗った。

「マルクス・トゥリウス・キケロ。きみはカエサルだろう？」

キケロは握手をもとめてきた。ガイウスは受けてこたえた。

「あなたに名前を知られているとは光栄です、マルクス・キケロ。さきごろご出版の、ヴェレス裁判にかんする弁論集を拝見しました。」

するると、キケロは、真四角な顔に、満面の笑みをうかべた。

「きみのような読書家にそう言ってもらえるとは。きみとは友達になれそうだな。」

演壇では、カトゥルス老人が、いまやエトルリアの悪魔のような形相で、護民官ガビニウスのことを口をきわめてののしりはじめている。当の護民官のほうは、倒れやしないかと心配したのだろう。そっと、カトゥルス家の奴隷に手招きして、壇のそばへ控えるよう合図する。

「キケロどの。ああいう共和主義の人たちは、どう考えているのでしょうね。」

その著作や口調から、相手もじぶんと似た考えにちがいないと思い、ガイウスはつい油断した。

「全海賊ですよ。地中海の全海賊を退治するのに、これ以下の条件で事足りると思っているんでしょうか。」

「だがきみ、出征中のルクルスだって、あの砂漠の彼方から、一年ごとに任期を更新しているんだ。それを三年だぞ。二十個軍団といえば十二万人だ。独裁官なみの権限を、たった一人に与えようというのだから。」

議題になっているポンペイウスは、仏頂面のクラッススの横で、若づくりしたハンサムな顔に、余裕の表情をうかべている。

「彼はわたしと同い年なんだよ。」

キケロが言った。

「ちゃんと歳をとってるとすれば、三十九歳だ。三十九で独裁官だなんて、ありだと思うかね。」

ありえないことに、ポンペイウスは、四十二歳以上でなければなれないはずの執政官を、すでに四年もまえに経験していた。たった三十五歳で、スッラのさだめた「年功序列規定」に、スッラの死後、はじめて違反してのけたのが彼だ。彼はそのとき、ほぼ無位無官――「軍隊指揮」の経験も「幕僚として」でしかなく、執政官になるなら当然つとめあげていなければならない、会計官にも按察官《あんさつかん》にも、法務官にもなったことがなかった。

「たしかに――。独裁官格のものを外地へ出征させるという前例は、なかったとおもいますが――。」

ガイウスは控えめにこたえた。あぶないあぶない。このキケロという男が、いま、何を考え、どういう派閥に属しているかわかるまでは、これ以上不用意にものをいうのはやめなければならない。

「だが、ポンペイウスだぞ。彼は『偉大なるポンペイウス《ポンペイウス・マーニュス》』だ。」

キケロは、また真逆のことをいいはじめた。まるで、ガイウスをためしてでもいるかのようだった。

「市民集会での平民たちの期待をみたかね。だれかが『ポンペイウスだけではだめだ。だれかもう一人――。』と言ったとたん、怒った彼らの喚声で、空飛ぶ鳥が気絶して落ちてきたんだ。」

「悩ましいですね。キケロどの。」

「マルクスと呼んでくれ。」

相手はもういちど握手の手を差し出してきた。

受けると、彼はまた言った。

「それにしても、軍費一億セステルティウスというのはどうかね。なんとかならんのかね。」

議題は、その日のうちに採決となった。反対したのはほんの少数で、それは圧倒的多数で可決された。キケロとガイウスも、賛成票を投じた。


小麦の値がさがった！

ポンペイウスの海賊退治がきまって、真っ先に動いたのは、ものの値段だった。もっとも敏感に反応したのは、海路はこばれてくるシチリア産の上等の輸入小麦で、これがほかのすべての商品の基準値になっていた。

肉、魚、野菜、セメントやレンガなどの建築資材から服、はきものにいたるまで、物価高に苦しんでいたローマ市民のふところは、段違いに楽になった。

安くなったもののなかに、花がある。花は、ミント、ラベンダーなどのハーブとともに、殺風景なローマの邸宅に、いろどりと香りをあたえる、生活必需品であった。

結婚式が、あげられた。

ガイウスは新婦ポンペイアのベッドを、氏族の女神ウェヌスの花——薔薇でみたした。

男たちに議会という場所があるように、女たちには家庭という世界がある。

ガイウスの娘ユリアは、来たばかりの父の若妻ポンペイアに、興味津々であった。

十四歳の乙女は、そもそも、「結婚」そのものに興味津々なのだ。同い年の従姉妹《いとこ》アティアがすでに婚約しているのもあり、ポンペイアが着てきた花嫁衣装や、じぶんの生みの母のとはべつに用意された、明るい壁の寝室、そしてからだの弱かった母が、彼女に見せようにもみせられなかった、若く健康な既婚婦人の、堂々たるふるまいに、彼女は日々注目していた。

「あなた。このユニアという女性《ひと》は誰?」

こんな光景、はじめてみる。愛人からのラブレターをみつかって、父がとっちめられている。

「このあいだは、わたしの叔母のポストミアだったわね。たしか今はスルピキウス家の奥様だったはず。ほかにセルヴィーリアにテウトーリアさま。あとは何人いるの?」

「ユニアはきみもよく知ってるだろう。セルヴィーリアの娘のユニアだ。」

「なんですって。」

赤毛のくせ毛が、さかだつように踊った。

「ガイウスあなた、じぶんの娘より若い娘と――。」

「ポンペイア、勘弁してくれよ。ユニアはそんなに若くない。ちゃんと結婚もしてるし、きみといくつもちがわないよ。」

「あなたという人は! どういう神経をしているの? だいたい、ユニアはセルヴィーリアの娘って、それじゃああなた、愛人の娘も愛人にしているわけ?」

「どういう神経って――。そりゃないだろうポンペイア。きみ、自分の叔母さんの――ポストミアのときには、苦笑しただけでなんにもいわなかったじゃないか。あれとこれと、いったいどこがちがうんだ。」

「大違いよッ。」

「大」のところを、彼女は長くのばし、力をこめた。

「なんて人！　女という女が、自分になびくとでも思っているの？」

これが、祖母アウレリアが、みっともないといって二人をしかりつけるまで、続くのだ。

「ガイウス。」

べつのとき、ユリアは、その祖母が、ポンペイアについて、父に話すのを聞いた。

「ポンペイアをもうすこし大事にしたほうがよいと思いますよ。あの子は頭が切れるわ。コルネリアより御《ぎょ》しにくいのは、まあお血筋のご愛敬でしょう。男にしろ女にしろ、元気が良すぎるのは役に立つ証拠ですよ。」

ポンペイアが、ユリアのところにやってきたのは、ユリアが、母の寝室だった風通しのよい部屋で、母づきの奴隷だったクロエとともに、もはや主のいないベッドにかざる、香草のリースを編んでいる時だった。

「手伝ってもいい？」

声にユリアが顔をあげると、彼女はすぐに姿勢をひくくし、こちらをのぞきこむようにしてみつめてきた。ユリアはわらってうなづき、花々をよけて彼女のために場所をつくった。

「――いい香り。」

そこへすわったポンペイアは、朝づみのミントの葉裏をちょっとこすり、うっとりと言った。クロエが、しずかにさがった。女どうし、うちとけるには、だまって手をうごかし、なにかをいっしょにつくるのが一番だ。

「わたしね。」

やがて、ユリアがいった。

「自分でもちょっと意外に思っているんです。お母さまは静かな方だったし、わたしもお父さまは大好き。でも、――あなたがお父さまにポンポン言うのを聞いて――。」

「あ。」

ポンペイアが編みかけの草花をもったまま、口をおおう。

「ごめんなさい。」

やりすぎているのだ、とポンペイアは思った。ユリアは、いそいでかぶりをふった。

「とんでもない。そうじゃなくて――わたし、気がついたのよ。あなたが言ってることは、ぜんぶ、いままでわたしがお父さまに言いたかったことだったんだって。お母さまだって、ずっと、あんなふうに気持ち良く文句を言いたかったんだろうなって。あなたが、亡くなったお母さまのかわりに、言ってくれるようになったんだなって。」

「――この毒舌も、少しは役にたってるのね。」

ポンペイアは苦笑した。

「たぶんこのひねくれ根性は、お祖父さまからの血筋なんだわ。わたしたちスッラ家のものはみんなそう。ひねくれた口で正論を吐くの。いま元老院で大きな顔をしているおじさまおじいさまがたは、だからわたしたちがけむたいのよ。」

「――――。」

「ガイウスと――あなたのお父さまと、わたしの祖父スッラは、どこかに似てる。」

ポンペイアは話しながら、香り高いローズマリの小枝をとりあげた。

「元老院が、いちばん嫌うタイプの男。じぶんの力で、生きていける男。――わたし、元老院が嫌い。あの人たちは、英雄が嫌いなの。『軍功』をあげ、みずから『英雄』であると証明したそのひとに、あげて国の将来をたくすのは、もっと嫌い。あの人たちはローマのためにいのちがけで働いた人やその家族を、用がすんだらたちまち――こうやってつまみあげて捨ててしまう。そして言うの。『見よ。これこそが正しい道だ。共和国は七百年、こうして生き残ってきたのだ。』ってね。」

ユリアはポンペイアの言葉を、それがとぎれるまでしずかにきき、納得したようにうなづくと、「ねえ。」といって、相手の顔をぐっとのぞきこんだ。

「ねえ。『お母さま』って呼んだほうがいいのよね?」

「お母さま!?」

ポンペイアは悲鳴をあげた。

「やめて。わたしまだ二十一よ。あなたいくつ？　いやよ待って。『お姉さま』ではもっと変。――ポンペイア。ポンペイアと呼んで。」

わかい娘たちの歓声に、とおりかかった祖母のアウレリアがたちどまる。彼女は新しい嫁と孫娘が仲良く手をうごかしているのをそっとみて、満足の笑みとともに、たちさっていく。


さよう。

ローマの女は、賢女ヘルシリアの昔から、男がなぐさめをもとめるには不向きだった。

この強さしたたかさは、他の比にあらず。ほかの国でなら、一人残らず「悪女」とよばれるたぐいのものだ。

昔は、それでもよかった。男も女もなく、野良に出、働かねばならなかった昔は――。だがいまはちがう。それゆえ、男どもは、なぐさめをべつにもとめる。

ローマ女の愛人ではだめだ。それでは結婚とたいして変わりがない。求められるのは、うつくしくしとやかで、ひたすら男に従順にとたたきこまれた、ギリシャやオリエントの女！　知恵も学識も政治センスもいらない。必要なのは、ただほほえんで、彼専用の娼婦でいてくれるおもちゃ。つまり奴隷――さよう、性をもってつかえる奴隷である。

裕福な市民のなかには、家庭の目をおそれて、そういう種類のものを、郊外の別荘にかくすという、高等テクニックをろうする者もいる。ナポリなどでは遠すぎる。当座の用にたてるのだから、場所はなるべくローマのちかくがいい。

人がいっぱいで、たびたび通いつめてもあまりあやしまれずにすむ港町オスティアや、でなければ、ローマの聖なる山モンテ・サクロの向こう側にある、ティヴォリ――。

アルバも、そういう別荘地の一つだった。

――真昼というのに、カーテンをしめきり、真新しいリネンのうえで、からまりあっている、わかい一組がいる。

主人とおぼしき年かさのほうは、まだ服をぬいでさえいない。彼は、組み敷いたほっそりとしたからだに乗りかかり、胸に馬のりになって上半身を足でおさえつけると、みじかいチュニックのすそをたくしあげ、あいての顔にかぶせた。すぐに、チュニックのなかで、くちづけの音がはじまった。

こういうことをするには、別荘《ヴィラ》建築というのは、じつにおあつらえむきに出来ている。一軒が、とにかく広い。市内とは、家の構造そのものがちがっている。家同士がくっつきあっていない。ひとつの別荘に最低でも二つ以上の館が入っている。しかもここは、表通りに面した母屋ではなく、奥まった離れ。心ゆくまで、あんなことやこんなこと――かくれたたのしみを、あじわいつくすことができる。

布の前だれの下で、動きまわる口と唇と舌。彼自身を愛撫して律動する喉が、沈黙のなかになりわたる。小さな部屋が真夏のように熱くなった気がして、彼はチュニックをぬぎすてた。ローマ人にしては美しすぎる裸体が、薄闇のなかにあらわれた。

ちりん、と、そのとき金属のふれあう音が、彼の首でする。彼の首には、金属の首輪がまきついている。ローマ市民のなかには、子供のころつけていたお守り《ブッラ》を、長じてからも後生大事にぶらさげているものもいるが、それとはちがう。ブッラは、こんな金属でなく、ひもでさげるものだからだ。

——これは首輪だ。「奴隷首輪」だ。

下になったほうが、うめきはじめた。その者が身をよじり、足をはねあげると、身に着けていたトーガが、ベッドの上に乱れひろがる。

奴隷は、決してトーガを着ない。

女もだ。

ありえない。

主人とばかりみえていたほうは、じつは奴隷。下になっているのがローマ市民の、それも男。上が下、下が上。奴隷が、主人であるローマ市民を、おかしている。ありえない。あってはならぬことだ。外にしれたら、二人ともいきてはいられない。

高価なトーガだった。

いま、この美しい奴隷に、その口で禁断の奉仕をおこなっているのは、ローマでもおそらく指折りの、そして裕福な、貴族の若者にちがいなかった。

とつぜん、飲みたいか、と奴隷はみじかくきいた。快感のため、その声はくぐもっていた。貴族の若者は、はやく、とうながした。遠慮なく、奴隷は放った。それは若者の口からあふれ、顔と、髪の毛をしたたかに汚した。

「いい。そのまま。かまわないで。つづけて。もっとつづけて。」

始末をしようとした奴隷に若者はさけび、奴隷はすぐにその意にしたがった。若者のトーガをたくしあげ、だらしなくひろがった足をおりまげてかかえた。

「結婚——。結婚して。」

あり得《う》べからざる言葉が、若者のけがされた口からこぼれでた。

「お前の妻にして。お前の愛人にして。ぼくを征服して。お前の——奴隷にして！」

奴隷は無言だった。あいての——主人とおぼしき若者の、名前さえよばなかった。

## VI

春。

地中海に派遣されたポンペイウスは、じぶんより年上の元老院議員たちをあごで使いまわし、たった四十日で地中海じゅうの全海賊を退治してのけた。

公約実行、任務完了である。

普通ならば、そこで、軍隊指揮の権利はおわり、最高司令官は軍団を解散して帰ってこなければならない。

ポンペイウスは、そうはしなかった。

ローマとはちがう、小アジア特有の自由な空気に、はじめて触れた彼は、それをしなかった。キリキアにいすわったまま、こんどはガビニウスとはべつの護民官に、べつの法案を提出させた。

——ルクルスが、オリエントでローマの敵ミトリダテスを何度負かしても戦争を終えられずにいるのは、彼が無能力だからだ。キリキアにいるポンペイウスに、オリエント征討の大権を！　ルクルスと交代させるのだ。——

市民集会は今度も熱狂的に、そして元老院もまたしぶしぶながら、法案を可決した。

「ポンペイウスめ。わが意を得たりと思っているんだろうが——。」

クラッススは不気味なほほえみとともに、傘下のものたちに言う。

「彼は自分で自分の墓を掘っているんだ。しぶといぞ、ミトリダテスは。なんといってもルクルスどのが、六年かかって倒せない相手だ。見ていたまえ。五年後、彼が英雄気取りでかえってきたときには、もう元老院に彼の居場所はないだろうよ。」

クラッススの読みはあたった。

海賊はたった数ヶ月で退治できたポンペイウスも、逃げ回るミトリダテスを追って、すでにシリア、ユダヤからペルシャにまで拡大してしまった戦線を収拾するのに、その後三年の長さを要する。

翌年（ＢＣ６６年）。

ポンペイウスのいないローマで、クラッススとその勢力は、着々と実力をたくわえつつあった。

この年、ガイウスは、彼の莫大な援助をうけて、つぎの年（ＢＣ６５年）の按察官《あんさつかん》に当選した。

按察官の仕事は、おもに、「ものを修理すること」である。

年が明けて、按察官に就任したガイウスは、早々に仕事を開始した。

ローマにおいて、「国家予算」とはほとんどイコール「戦争経費」のことだ。按察官は、街道や各地の記念碑の修理費用を、すべて自費でまかなわねばならない。

ポンペイアは、祖父スッラからうけついでいた別荘を、ガイウスのために売った。その金で、ガイウスはまず、アッピア街道の修繕に着手した。

クラッススが、ナポリへ行くのに、通行をはばかった、あの道である。ここ数年、海賊の出没により工事もままならなかった道だ。昼間は風光明媚だが、黄昏《たそがれ》から彼は誰時《かわたれどき》までは、都会人の目にはそれがきみわるく荒れ果ててみえ、クラッススが磔にした奴隷たちのうめき声が聞こえるだのの、悪評もささやかれていた。復旧の槌音《つちおと》がきこえはじめただけで、ローマ市民は喜んだ。

「で、あなた、次の一手は?」

若妻ポンペイアは、出来る夫の手伝いができて、はなはだ上機嫌だ。

「そうだな。きみのお祖父さまならどうするかな?」

「祖父なら?」

ポンペイアは音楽的な声で、ころころと笑った。

「そうね、なにか催し物をやるかしらね。それも按察官のお仕事でしょう? フォロ・ロマーノを借り切ってお芝居か、でなければ――。そうそう、ローマで最初に、剣闘士興行にライオンを登場させたのが、たしか祖父だったわ。」

「ライオン？」

基本的に、血をみるのが大嫌いなガイウスは、眉をひそめた。

「うちは今年は物忌みの年なんだ。わたしの父の二十年忌。出来たらもうちょっと穏当な――。」

ガイウスはいいかけ、ふいにひらめいたアイディアに、一気に夢中になった。

「ねえきみ。」

ガイウスは妻にいった。

「きみの別荘を買ったの、誰だっけ。」

妻が答える間もなく、ガイウスはたたみかけた。

「会えないかな、彼に。凱旋将軍ルクルスにさ。」

ポンペイアは、さいしょ、無理だ、とおもった。ルクルスの気難しさは、彼女もよく知るところだったからだ。


問題の別荘は、ご他聞にもれず、ナポリ近郊にあった。ルクルスはそれを、ポンペイアから、二千六百タラントという法外な値で、購入していた。

「四月のキュベレー女神の祭りは、盛大だったそうだね。」

ルクルスがどうして、ガイウス夫妻をその別荘に招く気になったのかは、この時点ではわからなかった。ポンペイアの申し入れをうけた凱旋将軍は、二人を、ひみつの招待客として、ここミゼーノへ招《よ》んだのだ。

若い大ポンペイウスに、追い出されるようにして、オリエントから帰ってきたルクルスである。何度かミトリダテス軍をうちやぶった功績で、凱旋式はあげられたものの、彼によって弟二人をひどい目にあわされたと信じ込んでいるクラウディア・メテリの差し金や、帰国直後、そのクラウディアの妹をお払い箱にして結婚した小カトーの妹ともすぐに離婚してしまったことで、彼は元老院内で居場所をなくしていた。

栄冠をうけた身で、仕事もなく、政治もせず、ローマに住みつづけて、その結果うとまれずにすんだものは、一人もいない。それゆえ、彼は別荘にいる。ローマの本宅を空き家同然にして、ミゼーノで、まるで自主亡命者のような生活をおくっている。

「ここはもともと、きみの伯父マリウスがたてた要塞だったのだよ。」

白壁の別荘を、奥へと先にたって案内しながら、歴戦の最高司令官《インペラトール》は、海のみえるテラスからそう言った。痩せて、なめし皮のように日に焼け、眉も髪もひげも白髪だらけだった。これで、あのクラッススと、二つしか違わないのだ。

「きみたちはほんとうに不思議なとりあわせだな。」

彼はいった。

「スッラ閣下の御孫と、閣下の敵マリウスの甥。仲人はだれだ。クラッスス夫婦か?」

「仲人はいません。」

ポンペイアがこたえる。

「しいていえば、わたしです。わたしが、ガイウスを気にいって夫にえらんだのです。」

「それは幸せなことだ。」

ルクルスは笑ったが、目の表情はかわらなかった。

「わたしはそういう結婚をしたことがない。」

ルクルスの食卓は、クラッスス家のパーティーが子供の遊びにしかみえないような豪華さだった。オリエントで、出征中に、巨万の富をきずいてきたのだ。牡蠣やホタテなどのありきたりな食材は、ちらりともでてこなかった。オリエントとギリシャが、そこにまざりあっていた。

いたみやすいことで有名な、ナイル河特産のスズキの刺身、何百というツグミの、舌だけを寄せあつめた、小さな貝柱のような歯ごたえの蒸しもの。スープはレモンの酸味とスパイスのきいたウナギ――。ハリネズミの姿焼きとみえたのはスペイン産の野ウサギの胎児で、かりかりに焼かれた皮には毛の生えた痕跡さえなく、やわらかな腹の部分には季節はずれの小栗やきのこがふんだんに詰められ、それが一人に一匹ずつ供された。

そして――

ながい食事のあとの、デザートが、また秀逸だった。

「サクランボだ。わたしがポントスからもちかえった苗木に実った。」

サクランボの木は、いまのところ、ルクルスのローマ本宅の、広い園庭に、一本あるきりだ。そもそも、桜の木というものが、これまでローマには存在していない。

「ルクルスさま。」

そのあまずっぱい赤い宝石をまえに、ポンペイアが、ついに、遠慮がちに言った。

「おねだりをしてもいいでしょうか。娘と甥にも、たべさせてやりたいのですが。」

「もちろん。」

ルクルスは微笑した。

「ピンチョ丘の本宅に使いをやってとどけさせよう。スッラ家の令嬢のご所望とあれば。」

よほど、機嫌がよかったのだろう。ルクルスは話しだした。

「この木の親木は、ポントス王ミトリダテスの宮殿に根を張っていたものでね。あるとき、隣国シリアの王妃になっていた彼の娘が病をえて、しきりにこの実をなつかしがるので、ミトリダテスは宰相を呼び、なんとか、この傷みやすい実を、生のまま、シリア王の宮廷へとどけよと命じた。宰相はどうしたと思う？」

「——軍事——郵便、でしょうか。」

ポンペイアがこたえた。

「飛脚か、馬か——。」

「いやいや、全速力でもそれは無理だ。それでは砂漠を十日も走ることになる。だが、軍事郵便に目をつけるとは、さすがわがスッラ閣下の御孫だ。」

「わからないわ。もっと速いもの？　馬より速い――？」

ポンペイアは困って、夫の顔をみた。ガイウスは言った。

「それはもしかして、羽根のはえた可愛い生き物では？」

「はっはっは。」

ルクルスは白いあごひげをなでた。

「きみはオリエントを知っているのだっけな。ご明察、鳩だ。ポントス・シリア両宮廷には、ローマを警戒するために、双方から、軍用鳩が百羽ずつ贈られて配備されていた。宰相はそのすべての足に、サクランボをひとつずつむすびつけて放したのだ。」

「届いたのですか。」

「もちろんだ。まあ何割かは鷹に取られたようだが。妃は健康を回復したそうだ。」

「ミトリダテスのサクランボ――。」

ポンペイアはひとつぶを、大事そうにつまみあげた。

「味わっていただきますわ。」

ガイウスはそっと嘆息した。

クラッススの場合とおなじく、このルクルスもまた、うわさと悪評の尾ひれに苦しんでいる――。

出征中、オリエントで贅沢のかぎりをつくした。高価な戦利品をすべて自分のものにし、配下にまったく分配しなかった。征服した属州民にいい顔をするために、ローマ人の権利のほうを制限した――。それらのほとんどは、ある点では本当なのだろう。だが、そのうちのひとつ、軍費を鷹狩りに浪費したというのだけは、真実でないとこれでわかる。

彼が戦場で鷹匠を雇ったのは、浪費ではない。軍用伝書鳩をとらえるためだ。そうやって、ミトリダテスとシリア王の通信を遮断しようとしたのだ。はたして、ルクルスは言った。

「スッラ閣下は本当に幸運な方だった。元老院のために独裁をし、ご自分の意志でその地位をしりぞき、市民にも貴族にも嫌われる前に死ぬことができた。――なぜ皆にはわからないのだろうな。出世し、地位のうえでのぼりつめたところで、よいことなどひとつもないのに。」

「ねえ、ルクルスさま。」

ポンペイアがいった。

「あなたなら、元老院などひっくりかえせるのでは？　この財力は尋常ではありませんもの。――いまの元老院は、すでにわが祖父の時代のそれではない。みな、さも『スッラさまの衣鉢《いはつ》を継ぐ』みたいな顔をして、ことごとくその逆をやりながら、無益にふんぞりかえっている――。そんな連中の、なにをおそれていらっしゃるのです？　その気にさえおなりになれば、クラッススだってクラウディウスだって、ローマじゅうがたばになってもかなわないでしょうに。」

ルクルスはだまりこんだ。気まずい沈黙が、食卓にながれた。ポンペイアははじ入り、椅子をすべりおりてひざまづいた。

「おゆるしください最高司令官閣下《インペラトール》。さかしらな女の世迷い言。お耳よごしでございました。」

するとルクルスは鼻でわらった。もちろん本気でなど怒ってはいないのだった。彼はガイウスに向き直ってほほえんだ。

「ところで、きみの用事はこんな無粋な提案ではないだろうね？」

「もちろんです閣下。」

ちょっと、いたずらをしたい——と、ガイウスは切りだした。くわしく聞くうちに、ルクルスはくすくすとわらいはじめ、ついに大笑した。

「それはいい！　やろう。ぜひやろう。元老院の阿呆どもがどんな顔をするか——。ただし。」

ルクルスはガイウスに、人差し指をさしつけた。

「いいかね。わたしときみとの間柄は、クラッススにも秘密にしておくんだ。金も出させてもらうがそれも借金と思わんでくれ。それでなくても、もちかえったものを、こうして蕩尽するのに苦労しているのだ。」


　ローマ市のピンチョの丘にあるルクルスの本宅は、このころ、さながら大美術館であった。この私設美術館は、完全公開されていて、ローマ市民でさえあれば、貧乏人であれ政治上の敵であれ、どんなあいてにもその扉をとざさないのであった。

ナポリから帰ると、ガイウスはそれゆえ、このルクルス邸へ、とくに姿をかくすこともなく、公然と通いだした。

庭の彫刻も壁や床のモザイクも、そこに水を張っておかれているかたく焼きしまった壺や柱廊にかかる金銀の細工も、すべて、このたびの凱旋の戦利品——ギリシャ・オリエントの本物である。建て増しされた書斎には、哲学文学はもちろん、建築数学音楽その他、史書文献があふれかえっていた。

「——ごらんください母上。」

家族がサクランボを飽食している横で、ガイウスは書写してきたばかりの図面をひろげる。

「皆もごらん。これがルクルスがもちかえったものの精髄だよ。」

「叔父上、僕はサクランボのほうが。」

小ペディウスはこういったものにはまったく興味がない。つられて、ユリアも果物にもどる。

アウレリアとポンペイアが、図面をのぞきこんだ。アウレリアが嘆息した。

「見てポンペイア、悲劇用仮面ですよ。見て。この模様の精緻なこと！」

ガイウスはうなづいた。

「貴重で重要で、そしてまとまっているからこそ意味をなす。——こういうものは、値段じゃないんだ。それがわからんやつは、正真正銘の俗物だ。」

「剣闘士試合を開催したい。」

準備はととのった。ガイウスは執政官たちに会いにいった。

この年、定員二名の執政官は、三人いた。さらに幸運なことに、そのうちの二人が、ガイウスの親戚にあたった。

一人は、ガイウス自身の従兄弟叔父《いとこおじ》、ルキウス・アウレリウス・コッタ。もうひとりは、妻ポンペイアの従兄弟叔父のプブリウス・スッラである。プブリウス・スッラは、ガイウスと同様、クラッススの援助で当選していたが、その派手な選挙運動がわざわいして贈収賄の罪にとわれ、残念なことに、就任直前になって、補欠になっていたルキウス・マンリウスと、交代させられていた。

ガイウスは、現職であるコッタとマンリウスはもちろん、さきごろ、やっとの思いで贈賄罪について無罪をかちとり、ほっと安堵の胸をなでおろしていたプブリウス・スッラにも会って、それぞれに承諾をとりつけると、すぐに布告を発した。

——按察官カエサルは、その亡父ガイウスの二十年忌を記念して、フォロ・ロマーノにおいて剣闘士試合を開催する。当日は事情により、付近の道路を封鎖するので、見物の衆は広場出入り順路に注意されたい。——

当日、というふれこみの道路封鎖は、すぐに、とんでもないことになった。

布告のでたその日から、フォロ・ロマーノへの道は、事実上封鎖状態になった。建築や土木の業者がいそがしく出入りし、広場をかこむ道という道に、出し物に使用する、それぞれちがった様式の列柱廊をならべたてていった。それらはもちろんみなハリボテではあったが、やがて、その下には、その様式に合ったアテネ、スパルタ、イオニアの武器や防具、楽器から陸海の軍用商用ののりものまでが、出番順に、整然と陳列されはじめた。

ビチュニアポントスやシリア、ペルシャをおもわせる文物は、注意深く避けられていた。それは、大ポンペイウスを、ルクルスを想起させるものだったからだ。開催日がちかづくにつれ、それら興行道具は数と量をさらに増した。

このままでは置き場がなくなり、また闘技場への出し入れにも困難をきたす。交通渋滞にたいしては苦情の声もいちじるしかったので、ガイウスはこの声をうけるかたちで、とある手立てをこうじた。最高神祇官メテルス・ピウスに、聖なる神々の丘カピトリーノを、臨時の道具置き場として、使わせてもらえるよう、頼みこんだのである。

最高神祇官は、ローマ市に十人しかいない神官職『神祇官』の長である。

人のよいメテルス・ピウスは、よく考えもせずにそれを許可した。ガイウスは、末席とはいえ、長年、神祇官職において彼の直属の下役であり、また、いまはなき友人マルクス・アウレリウス・コッタの甥でもあった。そのあとをつぐかたちで、彼がこの職についたことを、メテルス・ピウス老人は義理がたくもおぼえていたのである。

老最高神祇官のこの決定は、のちのち、元老院内でも、軽率であったと非難されることになるのであるが——。

聖なるカピトリーノ丘は、人間の居住が禁止されている。無人の丘は、またたくまに、あふれかえるハリボテ柱の蹂躙をゆるすことになった。通行の邪魔になっていた道具類は、この、人家のない丘とその上り坂道にならべなおされ、丘のてっぺんには、「最後の出し物に使う」との触れ込みで、いくつもの石の記念碑（のハリボテ）がたちならんだが、そのなかに、ひとつだけ、本物の大理石製がまじっていることに、人々はうかつにも気がつかなかった。

そして――

当日。

長時間の行列に耐え、出番待ちの道具類を縫うようにして、やっとのおもいでフォロ・ロマーノへいたった人々は、見物席についたところで、目をみはった。闘技の円庭にあらわれた六百人あまりの剣闘士は、全員、傷ひとつない、揃いの銀の腕よろいで、誇らしげに武装していたのだ。

さびやすい銀の武具が、傷ひとつなく、これだけ輝いているのは、それが新調の品であるなによりのあかしである。

晴れ姿の戦士たちは、誇り高く整列した。

「死にゆく者たちが、市民各位にご挨拶申し上げる。按察官ガイウス・ユリウス・カエサルの御父、亡き元法務官ガイウス・ユリウス・カエサルの、追善供養のため！　ガイウス・ユリウス・カエサルのため！」

戦士たちは、銀の左腕をひからせ、ガイウス・ユリウス・カエサル、とくりかえし雄たけびをあげた。

「ガイウス！　ユリウス！　カエサル！」

「ガイウス！　ユリウス！　カエサル！」

見物席は熱狂した。ローマ市民は上から下まで、こういうはでな見世物は大好きであった。満場の観客が、剣闘士たちの雄たけびをくりかえした。

「ガイウス！　ユリウス！　カエサル！　ガイウス！　ユリウス！　カエサル！」

一人の男がたちあがった。当のガイウスであった。いまや彼のトレードマークとなった、銀の市民冠をつけ、愛人セルヴィーリアをともなった若き按察官は、園庭の戦士たちと、観客にむかって、長いトーガをゆらし、手をあげて挨拶をした。

「ガイウス！　ガイウス！」

その日の剣闘士興行が、大成功におわったことは、いうまでもない。

さて

その興行終了後——である。

使い終わったハリボテをかたづけるのに、それを並べたのと同じ、騎士アティウスと騎士コスッティウス、騎士オクタヴィウス配下の業者が、明け方までかかって手の者や奴隷を働かせたのであるが——

翌朝。

人々は、聖なるカピトリーノの丘に、大理石の女神像が、まるでギリシャのアクロポリスの太柱のように、一体だけ、たかだかと建ちのこっているのを見た。昼まえ、神事のために丘にあがっていた「ウェスタの巫女《ヴェスターリ》」の長から、元老院第一人者ルタティウス・カトゥルスのもとへ、新米巫女の伝令が走った。

「うむむ、若造め！」

きくなり、老カトゥルスは、歯を噛みならし、うなった。

「カエサルめ！　よくもやりおったな！」

のこされていたのは、国家の敵マリウス——カエサルの伯父の、まっさらな新品の、戦勝記念碑であった。知らせをきいた市民は、丘の上へ集まった。

ハリボテをならべたのも、片付けに働いたのも、みなカエサル家のクリエンテスばかりだった。アティウスは彼の妹の夫だったし、オクタヴィウスはその妹が生んだ娘アティアの婚約者、そしてコスッティウスの妹は、元は彼自身の婚約者だったコスッティアだった。それらの家々の手のものも、自分たちの味方をひきつれ、こぞって丘に参集していた。

「マリウスさま！　マリウスさまだ！」

アテネの、「乙女女神の列柱《カリアティード》」を模して彫られたらしいその大理石の記念碑は、その乙女神が、勝利のしるし——戦勝のトロフィーをもっているというすぐれた意匠で、その愛らしい唇や、冠の花、衣装のすそもようなどの要所が、黄金で飾られていた。マリウスの名は、女神の足元の台座に、ひかえめにきざまれていた。

れいの「ロバの軍歌」を歌い出そうとした者がいたが、それはべつな者にとめられた。だまって、執政官や元老院議員の到着を待った。

執政官二人と、元老院第一人者は、やはりだまって、三つの頭をよせあい、もはやたちあがってしまった記念碑にきざまれた文字を読んだ。

――その生涯に、七たび執政官をつとめた凱旋将軍ガイウス・マリウスの、ガリア人テウトニ、キンブリ両族に対する勝利、ヌミディア王ユグルタの討伐とその勝利に。――

おい、どうする――。

二人の執政官は顔をみあわせた。

国家の敵を顕彰する記念碑は、立っていることを許されてはならない。それは国家の命によりひきたおされ、破壊される。それが、ルールであるのは、うごかしがたい。

だが、こわすのか？　これを？　このみごとな出来の彫刻を？　彼をあがめる市民たちの前で？

「ならん！　国家犯罪人の戦勝碑を、聖なる神々の丘に奉納するなど、決して許してはならん！」

元老院第一人者カトゥルスが、一応、叫びはした。そのあとには、氷のような沈黙しかなかった。

執政官たちはおびえたように首をすくめ、ガイウスの親戚ルキウス・アウレリウス・コッタが、やむを得ないという顔で手や首をふりながら、同僚と、まだ憤懣やるかたない顔のカトゥルスをうながして、来た道をもどりはじめた。

その背中に、あの、「ロバの軍歌」――。

——ロバが往く。ロバが往く。
マリウス閣下のロバが往く。
野こえ海こえ砂漠こえ、
ヌミディア人をこらしめに——

——ロバが往く。ロバが往く。
マリウス閣下のロバが往く。
アルプスこえて河こえて、
ガリア人めをこらしめに——

この痛快なできごとののち——
年末の執政官選挙では、ハプニングがおこった。ルキウス・ユリウス・カエサルという無名の老人が、「カエサル」というその家名だけで、当選したのである。
ガイウスは、この人物を知らなかった。そもそも、この年、ローマ市財務官《ケンソル》として市民の戸籍管理の仕事をしていたクラッススさえ、その者の立候補資格をしらべるのに、重い台帳を引っ張りださねばならなかったほど、この老人は無名だった。

執政官になろうというからには、最低、いままでに二回、同様の選挙を勝ち抜いているはず。属州統治も経験しているはずだ。それほどの人物を、ガイウスはともかく、クラッススが知らないなど、ふつうではありえない。

「まあ、いいじゃないか。」

クラッススは、だが、このところゆるみっぱなしの目もとに、さらに微笑をうかべた。

「おおかた、ポンペイウス派のなかで、ずっと埋もれてでもいたんだろう。わたしにだって、生まれてこのかたいちども音信のない親戚ぐらいあるよ。ましてきみほどの名家なら——。」

「——。」

「これは、きみへの、市民の期待のあらわれだ。きみが、金も命もおしまない男だと、皆のまえで証明してみせたからだよ。平民の味方、マリウスの甥。政治家として、もう押しも押されもしないな。」

「マルクス——。」

「まかせておけ。わたしも、せいぜいその『影のうすい分家どの』が要らぬどじを踏まぬように、いまから援助を惜しまぬようにするよ。なに、ポンペイウスの息のかかった奴としても、なんていったって無名なんだ。たいしたことはできまいよ。」

クラッススはここで、ガイウスの年齢を問うた。三十五歳。ガイウスはこたえた。

「三十五歳か——。こうなったら、はやいうちに『法務官』をねらってもらわんとな。次の属州派遣も、またスペインがいいだろう。あまり金にならんが、統治を学ぶにはいいところだ。」

「それについて、マルクス、ご相談があります。」

「うむ。」

クラッススはうれしそうに目じりをさらにさげた。

「相談ならわたしのほうにもあるんだよ、ガイウス。――そうそう、いつかきみの言っていたラビエヌス君だが――。」

彼はご希望どおり、来年護民官に立候補するよ、とクラッススは言った。彼が、じぶんの都合のいい方向へ話をひっぱっていこうとしているのをさっして、ガイウスはそれを押しとどめた。

「ありがとうございますマルクス。そこで、なのですが――。」

最高神祇官になりたい。

ガイウスはじぶんの考えを手短かにのべた。

「なんだって？」

クラッススは吹きだした。

「最高神祇官だって？　なんとまあ、ガイウス！」

ばし、と彼はガイウスの肩をたたいた。

「きみは悪党だなあ！」

はっはっは、と、彼は太鼓腹をかかえて笑いだした。

「なんできみはそう痛快なことばかり考えつくんだ。その若さでなんで最高神祇官かね。いやいや、わかるよ、『あんなもの爺《じじ》いがなるもんだ。』と、そうみんなが思っているところがつけ目なんだろう？――ピンチョのルクルス宅にいりびたっていたのもそのためか。んんん？　どうだね？」

そのとき、入口のカーテンのドレープが揺れ、向こう側にトーガをきた誰かが立つのがみえた。クラッススは言った。

「ああ、来た来た。――ガイウス。それならラビエヌス君よりもっと頼りになる男が――はいりたまえ。」

執事奴隷に案内されてきた男が、部屋にはいってきた。

ガイウスは息をのんだ。

「紹介するよ。きみも顔くらいは知っているね。――カティリーナだ。元老院議員ルキウス・セルギウス・カティリーナ。再来年度《さらいねんど》の執政官だ。」

ルキウス・セルギウス・カティリーナ。

その、暗い美貌と、純白のトーガにまつわりつくかげりを、ガイウスはみた。

# シーザー ラヴズ ローマ　登場人物紹介

**【ガイウスとその家族（含む親類縁者、家内奴隷）】**

**ガイウス・ユリウス・カエサル**
**（＝ジュリアス・シーザー）**

ローマ人、名門貴族の当主。はじめ会計官、のち按察官、法務官と出世

**アウレリア・コッタ・カエサル**

ガイウスの母、ローマ共和政期三大賢母の一人

**コルネリア・キンナ・カエサル**

ガイウスの愛妻、ガイウスの娘ユリアの母、コルネリウス・キンナ（故人）の娘

**ユリア**

ガイウスの一人娘

**小ペディウス（クイントス・ペディウス）**

ガイウスの甥。母はガイウスの姉大《だい》ユリア（故人）、父は同名のクイントス・ペディウス

**アティウス**

ローマ騎士、カエサル家のクリエンテス、妻はガイウスの妹の小《しょう》ユリア。二人のあいだに娘アティアがいる

**オクタヴィウス**

ローマ騎士、カエサル家のクリエンテス、のち

アティウスの娘（ガイウスの姪）アティアの夫になる

♛クイントス・ペディウス
ローマ軍大隊長、ガイウスの姉大ユリア（故人）の夫、小ペディウスの父、属州マルセイユで艦隊勤務

♛あぶり焼き屋の亭主とおかみ
スッブラ坂のカエサル家の門前に店を張る小商人

♛カエサル家の奴隷たち
執事ターレス、妻ラニケ、ティモテオス、ダプネ。家庭教師アントニウス・グリフォ、妻クロエ、メリプロス。スパルタ人のギュリッポス

【ガイウス周辺の人々（おもにクラッスス派）】

♛マルクス・リキニウス・クラッスス
ローマ貴族、大富豪。ローマを二分する二大派閥の一「クラッスス派」の領袖

♛ティトス・ラビエヌス
ローマ軍百人隊長、ガイウスの友人。のち護民官。元ポンペイウス派

♛ニュサ
旧ビチュニアの元王女、ビチュニア国王ニコメデス四世（故人）の娘

♛マムラ
奴隷、元ガイウスの小姓、トラキア生まれ。今はニュサ姫の執事

♛**プブリウス・コルネリウス・スッラ**

ローマ貴族、独裁官スッラ（故人）の甥。ポンペイア・ルフス・スッラの親戚

♛**ティトス・アンニウス・ミロ**

ローマ貴族。クラッスス派だが素行不良で、追放寸前

♛**ポンペイア・ルフス・スッラ**

独裁官スッラの孫娘、のちにガイウスの後妻。ポンペイウス・マーニュスとは同姓だが血縁関係はない

**【敵対する人々（おもにポンペイウス派）】**

♛**グナエウス・ポンペイウス・マーニュス**

ローマの武将、クラッススの敵

♛**ガビニウス**

ポンペイウス派の護民官。カティリーナ一味にも同名の人物がいるが、これは別人

♛**メテルス・ネポス**

ポンペイウスの部下

**【ガイウスの愛人たち】**

♛**テウトーリア・クラッスス**

ローマ貴族クラッススの愛妻

♛**セルヴィーリア・ブルータス**

ユニウス・ブルータス家の未亡人、小カトーの姉、カトゥルスの従姉妹。「ブルータスお前もか」のブルータスの母

♛ムチア
グナエウス・ポンペイウス・マーニュスの妻
♛ロッリア
ポンペイウス派の護民官ガビニウスの妻
【元老院議員の人々】

♛マルクス・トゥリウス・キケロ
かの有名なキケロ。弁護士、著述家。田舎の出身で、執政官になりたがっている。事あるごとに言動を左右にするので、ポンペイウス派かクラッスス派か、よくわからない
♛マルクス・ポルキウス・カトー（小カトー）
ガイウスの論敵、かの有名な大カトーの曾孫。ポンペイウス派かクラッスス派かというより、後出の「古い対立関係」でいう「元老院派」に属す人
♛クイントス・ルタティウス・カトゥルス
元老院第一人者（＝議長）、ローマの神官（神祇官）の一人。「元老院派」の巨頭として、ガイウスを目のかたきにしている
♛ルキウス・リキニウス・ルクルス
ローマの将軍。小アジア属州総督として、ミトリダテス六世と戦う。在任中に巨万の富を築いて帰国。ポンペイウスを憎んでいる
♛メテルス・ピウス
ローマ名門貴族。ローマ神官の最高位「最高神祇官」の老人

♕ルキウス・セルギウス・カティリーナ
ローマの名門貴族。世に言う「カティリーナの陰謀」の中心人物

♕ルキウス・アウレリウス・コッタ
ガイウスの母方の遠縁、執政官。アウレリウス・コッタ家からは多くの執政官が出ている

♕クラウディア・メテリ
ローマ貴族超名門のクラウディウス・プルケル家出身の既婚婦人。通称「バイアの女王」、また「プルケルの奥さま」とも呼ばれる。プブリウス・クラウディウス・プルケルの姉

♕プブリウス・クラウディウス・プルケル
ローマ貴族超名門クラウディウス・プルケル家の次男坊、通称「プルケルの御曹司」。地中海でクルージング中に海賊にさらわれる

♕カティリーナの陰謀に加担した人々
レントルス、カテーゴス、ガビニウス（ポンペイウス派の人とは別人）、スタティリウス、マンリウス、カルプルニウス・ベスティア

【すでに故人になっている重要人物（古い対立関係）】

♕スッラ
ローマの終身独裁官、マリウスの敵。「元老院派」のリーダー。ガイウスが後妻にむかえるポンペイア・ルフスの祖父にあたる

♕マリウス
ローマの武将、ガイウスの伯父、スッラの敵。「平

民派」のリーダー。その死後、スッラによって「国家の敵」とされ、その一族一党は不遇をかこっている

♕コルネリウス・キンナ

ガイウスの妻コルネリアの父、スッラの敵。マリウスのあとをついで平民派のリーダーとなるが、元老院派に殺される

【重要だが名前しかでてこない人々】

♕アウトロニウス

スッラ家のクリエンテスでクラッスス派。ポンペイウス派に告訴される

♕ガイウス・スクリボニウス・クリオ

ローマ貴族。父は同名の元執政官

♕マルクス・アントニウス

ローマ騎士、執政官ガイウス・アントニウス・ヒュブリダの甥、クリオの恋人。のちにクレオパトラと大恋愛をするのはこの人

♕ラビリウス

ガイウスに告訴される気の毒な老人

♕ファルケナス

ミトリダテス六世の息子、ローマ軍に降伏

♕ミトリダテス六世

ポントス国王、ローマの敵

# キャンディード

# I

純白《キャンディード》のトーガ。

それには、重い意味がある。

公職選挙立候補者は、その選挙告示日に、純白のトーガ姿で、フォロ・ロマーノの演壇にたたねばならない。

白は「純潔」を意味し、それを男が着るとき、その者が成人直後か、または喪中でも犯罪者でもないことを証明した。

カティリーナには、その「白さ」がない。

無名なわけではない。むしろ、有名人である。カティリーナ家は、名門貴族セルギウス一門にぞくし、家柄も申し分ない。先祖には、かのカルタゴの戦において、めざましい働きをしめした勇者もいる。しかし——。

ルキウス・セルギウス・カティリーナというその名がささやかれるかげには、どういうわけか、つねに、血と、暴力とが見え隠れしていた。

彼はすでに、この時点（BC65年秋）で、翌年（BC64年）の執政官選挙に、その白のトーガ姿で執政官に立候補しようとして、失敗している。フォロ・ロマーノの演壇に、立つことは立ったのだが、そのまま、演壇上で、立ち枯れた。

さよう——彼は本選挙にすすむ前に、政敵に告訴され、期日までに、その「身の潔白」を証明できなかったのだ。

有名人の立候補のない年は、当然、選挙戦は盛り上がらない。

このときの選挙で当選した、翌年（BC64年）の執政官は、そのため、二人とも、執政官としては非凡なほど、凡庸であった。ローマでは、法令などの公文書には、かならず二人の執政官名を連書して、年号として使用するのであるが、その法令発布の数も、極端にすくなかった。

特段のあらそいもなく、特筆すべき法案提出もなく、平和といえば平和。外地には多少の騒動があるにせよ、はた目には恵まれた年——。

カティリーナが、執政官選挙への、事実上の立候補をはたしたその年（BC64年）は、ローマにとって、まさに、このような年だったのだ。

秋（BC64年）。

選挙戦は、パーティーシーズンの到来とともにスタートした。

クラッスス家の食堂《ダイニング》は、その夜も、多数の招待客で、ごったがえしている。

「ええ、みなさま。われらがカティリーナさまのご放免なった今日のよき日に、ご指名により開会詩を朗読いたします。」

この日の「開会詩人」は、若い、ミロという貴族だった。

ミロは、粗暴な男だった。生粋のローマっ子のくせに、ギリシャ語もろくにしゃべれず、したがって詩作の才は、ないにひとしい。朗読をはじめたが、それはギリシャ語ではなかった。

そのラテン語の「詩」らしきものは、このところ市内で、面白おかしくささやかれていた、あるうわさにもとづいていた。

登場人物は特定されていなかったが、主役はローマ人の名門貴族の若者。それが、「何年かまえ」「地中海で」「海賊にとらえられた」ときに、よせばいいのに、海賊のまえで、「自分の姉はエジプト王妃だ。」と大ボラをふいた。

海賊は仰天し、それでも多少はいぶかしんで、「もし本当なら、エジプトの都アレクサンドリアに使者をやって、当代のファラオ、プトレマイオスに身代金を払わせるが、よいか。」とせまる。あとに引けなくなったローマ人は、泣きの涙で、見も知らないエジプト王に、身代金百タラント無心の手紙を書くはめになる――。

そういうことをしそうな人物は、招待客のなかにも何人かいた。ガイウスをふくむ数人が、にやにややや笑いはじめるなか、不作法をきらう優雅な人々は、それをさえぎろうとはせず、そのうちに、前菜がはこばれてきた。

およそ正宴には似つかわしくない、お笑い小話《こばなし》は、はずかしげもなくつづけられ、人々は、レタスにくるんだ汁気たっぷりの薄切り肉やフォアグラを、指でつまんで頬張りはじめた。

かくれるように、席をはなれた者がいる。

あてがわれた上等の寝椅子をそっとすべりおり、さがっていく奴隷の群れに姿をかくして、人気のない奥中庭のほうへのがれていく。

それを、目で追ったものがいた。

朗読者ミロである。


気分のわるくなった若者は、人気のない奥中庭の、花壇のすみに走りこむと、そこで目まいをおさえてしゃがみこんだ。

海賊の話は、まだ、駄目だ。どうしても平気な顔ができない。ああ、だめだ。クラッススの家でなら、配慮をしてもらえると思っていたのに――。

「クラウディウス！　プブリウス・クラウディウス・プルケルどの！」

後ろで、声がした。若者はふりかえった。あいては、彼の名を呼んでいた。

「どうなされた、プルケルの御曹司。わたしの詩がお気に召さなかったか。」

ミロが、宴席への戻り道をふさぐように、たたずんでいる。

「い、いや、そうではないのだ。ティトス・アンニウス。」

たちあがって、頭を動かすだけで、視界が黒ずむ。プブリウス・プルケルは、せいいっぱい、ミロに平気の顔をとりつくろった。

「ぜ、前菜が、――か、牡蠣のワイン浸しがすこし匂ったので――。」

「それはよくない。大丈夫か。」
無遠慮に、ミロはちかよってきた。
「フォアグラのレタス包みを牡蠣のワイン浸しだなんて。ほんとうにどうかされたのではないか。」
近づくな。
ミロに、プブリウス・プルケルは言おうとしたが、声はでなかった。身を避けようにも、からだが動かなかった。たがいのトーガのひだが触れるような距離までくると、おどしつけるような、低い声で、ミロは言った。
「わたしの詩は感動ものだろう御曹司？　別《べっ》していまいちどお聞かせ申そう。
――さて不思議、不思議、
不思議の話にござります。
むかし、まだ海賊が
われらが地中海をのしあるいていたころ、
一人の男が、きゃつらの捕虜になり、
我れはローマ人、
エジプト王妃の弟なりと
高らかに宣言いたしたとのこと。――
おおそうだ。最後をこそお聞かせいたさねばな。そうそう、この話には前段があったのだった。若者の姉君はエジプトではなくて『バイアの』女王だったっけな。どうだ御曹司。姉君からの支払いがまにあわなくて、縁《えにし》といえば祖父の祖父の代というエジプトにまでたよって、さてそれで身代金は足りたのかな？　エジプト王はいくら送ってきたのだ？　ん？　あなたはいったい、いかほどの身代金を払われたのだ？」

もはや、プルケルの御曹司はミロの言葉をきいていなかった。頭いっぱいに、爆発的に、笑い声がひびいていた。狂ったような声だった。いひあっ、いひあっ、うひゃっ、うひゃっ、ひゃっ、ひゃっ――。

ふいに、明るい大きな声がひびいた。

「やあ、こちらでしたか。さがしましたぞ、プブリウス・プルケルどの！」

ミロがびくっと身をひいた。

「ミロどの。さっきの詩はもしかしてわたしのことだったのかな。」

ゆたかなひだのトーガがちかづいてきて、それはミロにはなしかけた。

「わたしが以前海賊の捕虜になったとき、人口に膾炙《かいしゃ》した身代金があまりに高額なので、そのとき元老院は、支払いをしたのが、わたしと個人的にしたしかったビチュニアの国王だったのではと疑ったものだ。外国の、それも王族に身代金を払ってもらうなど、ローマ市民にあるまじき恥だと思うのだが、どうかね。」

ミロはだまりこんだ。おそれいって頭をさげた。

「——どうも、お気にさわったのならお許しください、カエサル元老院議員。わたしは——、べつにわたしはそんなつもりで——。」

「気をつけろよ。ティトス・アンニウス。」

さも親しげに、カエサル議員はミロの上のほうの名を呼び、得意の、一本指で前髪をかきあげるポーズとともに、必殺の流し目をくれて言った。

「君の親分はカティリーナだろ？　あんまり皆の顰蹙《ひんしゅく》をかって、彼に迷惑をかけないようにしたまえよ。彼への迷惑はわれらがクラッススへの迷惑でもあるのだから。——さあさあ、おしゃべりはここまで。君もプルケルの御曹司も、宴のごちそうに戻った戻った。」

元老院議員は、そう言って二人を宴席に押し戻すようにし、ミロがだまされて行ってしまうと、プブリウス・プルケルひとりを、トーガをひいてひきもどした。

「送ろう。今日は帰ったほうがいい。」

足早に二人があとにした宴では、お手拭きの布や扇のうちで、市内にはびこるうわさ話がささやかれはじめた。クラッススが眉をひそめている。開会詩が下品だった宴は、あとにつづく話題も低級だった。

——告訴といえば、ねえごぞんじ？　カルプルニウス・ベスティアさまが、さきごろ病死なされた奥さまを殺害した嫌疑で、奥さまのご親族に訴えられたって話。——

——そうそう、あれにはびっくりしたな。あれだろう？　指に毒薬入りの蜜をぬって、奥方のあれを。――

――まあいやだ、あれ、だなんて。それに、なんていやらしい、その指の動かしかた！　――

――じゃあなんて言えばいいのさ？　あそこ？　――

――まあ、いやなひと、いやなひと。それにしても、あんないやらしい殺し方があるなんてねえ。ベスティアさまもあの顔でよく、ほんとに、ねえ。――

あとは笑いさざめきがよせてはかえすのみである。

同じパラティーノの丘にあるクラウディウス家の本宅に、プブリウスは帰りたがらなかった。しかたなく、ガイウスは彼を、丘の下にあるじぶんの家につれかえった。そこから、早足の奴隷ギュリッポスを使いにだして、アルバから、彼の世話に慣れたマムラをつれてこさせた。

マムラは、すぐに来た。ビチュニア王女さしまわしの馬車に乗って、かけつけてきた。

「すぐにこの馬車でアルバへお連れせよとの、姫さまの仰せです。」

「うむ。さすがニュサさま、すぐれたお手際だ。」

顔も姿もみえないように、何枚ものトーガでぐるぐる巻きにされたプルケルの若者が、自分では歩けずに、カエサル家の奴隷たちにささえられて馬車に乗るあいだ、ガイウスはものかげにマムラを呼んで、ひくい声でしかりつけた。

「これはどうしたことだ。もうあれから四年もたつではないか。もうすっかりよいのではなかったのか。」

するとマムラの片方だけの目は、見る見る不満げに角《かど》をおびた。

「それはこちらがうかがいたいところでございます旦那さま。——いったいなにがございましたのですか。」

「ちょっとした誤解だ。」

カティリーナを告訴したのは、護民官あがりの新米貴族だったが、それには、黒幕がいる、と思われていた。多くのばあい、それはプルケル家のような超名門か、クラッススやポンペイウスなどの、派閥の長におさまっている有力議員である。

「カティリーナさまを告訴？　御曹司さまが？」

若い執事はあきれかえって口をあけた。

「あのおかたにお出来になるものですか、そんなこと。——姫さまのおんまえではございませんので申し上げますが——。旦那さま、御曹司プブリウスさまはいまだお子さまでいらっしゃいます。どんな目におあいになったかはさておいても、あのかたはただの甘ったれ。ローマ市民の風上にもおけぬ、奴隷以下の甘ったれでいらっしゃいます。」

執事は、頬に、一瞬だけ、「ビチュニア第一の美少年」だった昔の、あの遠慮会釈もない無慈悲なつめたさをうかべたが、ガイウスのむっとした顔を見、そして馬車の中から、プルケルの若者の、彼をよぶほそい声が聞こえるやいなや、はっと、もとの忠実な執事の顔にもどって、声までやさしい恋人の声になって、御曹司のもとにかけつけた。

「大丈夫。大丈夫でございますよ若さま。アルバへまいりましょう。旦那さまも姫さまもすべてご承知ですから。しばらく、あのかくれがで暮らせば、すぐにもとのあなたさまにお戻りになります。若さま、若さま。マムラがついておりますよ。」


せっかく帰宅したのだから、ガイウスは今夜はもう外出しないつもりだったが、そうはいかない事情が、奥のへやで待ち構えていた。妻ポンペイアとともに、カエサル家のクリエンテス——この年の護民官をつとめていた騎士オクタヴィウスが、彼の帰宅を待っていたのである。

騎士オクタヴィウスは、極秘の知らせを、持ちきたっていた。

「あなた。大変よ。」

ポンペイアは、れいの真っ赤な眉毛を、緊張にぴんとさかだてたまま、ガイウスをお帰りのキスで迎える。

「お味方のアウトロニウスが、執政官暗殺未遂のかどで、告訴されて——。」

このころ、
ガイウスたちクラッスス派の面々は、政敵であるポンペイウス一派から、訴訟の標的として狙われていた。

騎士オクタヴィウスも、けわしく眉をひそめている。

「ガイウス、よくきいてください。」

騎士はいった。

「困ったことになりました。アウトロニウスは、共謀者としてあなたのお名前を出しているのです。クラッススさまのお名も。」

「なんだって？」

アウトロニウス――。

その名をきいて、ガイウスはさいしょ、顔はおろか、その相手といつどこで会ったのかさえ思いだせなかった。共謀？　なんのことだ？

「アウトロニウスというのは、ええと、たしかポンペイア、きみの実家の――。」

「ええ、スッラ家のクリエンテスよ。ルキウス・アウトロニウス。」

ルキウス・アウトロニウス。どんなやつだったろう。

「あなた。」

ポンペイアはせきこんでたずねた。

「思い当たるふしは？」

「ある――ような気がする。」

「あなた！」

ポンペイアは泣きそうな声で叫んだ。

「しっかりして！　執政官暗殺未遂よ！　今にも法務官配下の捕《と》り方《かた》が押し入ってくるかもしれないのに！」

オクタヴィウスも、かみつきそうな目でこっちをみつめている。下手をすれば、火の粉がじぶんにまで飛んでくるかもしれないのだ。ガイウスの姪アティアを嫁にもらって、生まれたばかりの長女は可愛い盛り。そろそろ第二子を、こんどは男の子をと意気込んでいた矢先のことだ。泣きたいのはむしろポンペイアより彼のほうだろう。

「ううむ、執政官暗殺未遂とは――。これはまた大罪だな。」

ガイウスは、なんとか思い出そうとしながら、額をかいた。

「――たしかに、そのアウトロニウスには会ったことがあるよ。ポンペイア、きみの叔父上――プブリウス・スッラどのが、クラッススのところに連れてきて、そこにわたしも居合わせて、ほかにも何人かきたので酒盛りになったことが――。でも、それならもう何年も前のことだよ。たしか――。」

あのときプブリウス叔父――正確には「妻の従兄弟叔父《いとこおじ》」だが――は、暗い色のトーガを着ていたから、まだ、贈収賄裁判で無罪になる前だったはずだ。だんだん思い出してきた。

「あのときはみんなしこたま酔っ払って――。そうだ。きみの叔父上があんまりお嘆きなので、皆《みな》してなぐさめたのだ。そしたら、やっぱり酔っ払ったクラッススが――。」

思い出した。

酒のいきおいでハイになったクラッススが、調子にのって、年のはじめの元老院を、みんなで襲ってやろうと言い出したのだ。

計画は——、たしかこんなだった。

年頭、元老院議員は、年賀のあいさつをのべあうため、そろって元老院にあつまる。そこで、議場の扉をしめ——。

「中にいる主だった連中を数人バッサリやったら、血をみてちぢみあがったほかの議員にせまって、クラッススかプブリウス叔父上を独裁官にまつりあげる。独裁官はわたしをふくむあの場にいあわせた連中を騎士団長に任命して、あとは国家をしたい放題やりたい放題——」。

ポンペイアの赤い眉毛がつりあがった。ガイウスはおしとどめた。

「で、でも、本当に冗談だったんだよ。クラッススと叔父上が、どっちが独裁官になるかで譲り合ったりケンカになったり。本当に、ただの酒の席の笑い話だったんだ。」

「陰謀自体は、あったってわけね。」

「ポンペイア！　ちがうよ！」

「まったくもう。ローマの男どもときたら！」

戸口のところで、ガイウスの母のアウレリアと、娘ユリア、甥の小ペディウスが、心配そうに、ひとかたまりになっている。

ポンペイアが、おおきくためいきをつくと、オクタヴィウスがいった。

「ほかに、とおっしゃいましたね、ガイウス。誰が？」

さすが男だ。オクタヴィウスはポンペイアより、はやく落ち着きをとりもどしたようだ。

「ほかには――ええと。クリオの息子と、カエリウスがいた。クリオにはれいによって騎士のアントニウスがくっついてきていたが、あいつはクリオと一心同体だ。」

クリオとカエリウス――。

「では、洩れたのはそのどちらかから――。」

ガイウスはうなづき、だが、ちょっとだけ思い出しかけたこの二人の若い顔を、すぐに脳裏から消し去った。

「クラッスス邸へ戻る。手紙や使いでは当座の役に立たんだろう。オクタヴィウス、きみもきてくれ。」

すでに脱いでいた外出用トーガを、ポンペイアは、奴隷たちに手伝わせて、いそいでもとのように着せつけた。

「いってくる。」

ガイウスとオクタヴィウスがでていくと、みおくるポンペイアのかたえに、姑《しゅうとめ》のアウレリアがきてよりそった。

「もうすこし、気をつけさせなければ。」

姑は言った。

「もう、去年や一昨年《おととし》までのような小物ではないのですから。」

その言葉に、ポンペイアもふかくうなづく。

油断もすきも、あったものではない。

ポンペイウスの一派が、クラッスス派をつけねらうのには、のっぴきならない事情がある。

領袖グナエウス・ポンペイウス・マーニュスの、不在だ。

対小アジア出征から三年たった今になっても、ポンペイウスは、すでに征服したも同然のオリエント方面からいっこうに帰ってこようとせず、富みさかえるシリア・パレスチナの地にいすわったまま、「偉大なる《マーニュス》」だの「大王《マーニュス》アレクサンドロスの再来」だのとあがめられながら、まるで、手綱のとれた蝶々みたいに遊びまわっていた。

子分がいくらがんばっても、トップがそのていたらくでは、その影響力が、ローマ共和国政界から、日に日にうしなわれていくのも、まあ当然のことだ。

肩身が狭くなった勢力は、実力行使に走る。それが、訴訟である。

——このころは、だが、まだよかったのだ。こののち、何年かして、ガイウスがガリア戦争に出ていくころには、ローマはさらなる混乱にみまわれ、「実力行使」は刃物ざたでの命のやりとりにまで堕落していく。それをおもえば、いまは、無実が証明されるまで、着替えや風呂を我慢すればいいだけ、まだましだった。

ともあれ、
ぬれぎぬをきせられたほうも、もちろん、黙ってはいない。

この騒動は、クラッスス派の議員や各政務官たちによって、ただちにもみ消しがはかられた。アウトロニウスもすぐに釈放されて、事件は、数人の長老たちの回顧録に、その痕跡をとどめたのみであった。

敵がたを丸めこむのに、クラッススが湯水のように金をつかったのは、いうまでもない。

II

ポンペイウス夫人のムチアが、ブルータス家の未亡人セルヴィーリアから、ガイウスが今夜の宿を頼みたいといっているが、という使い文をうけとったのは、執政官選挙たけなわの、十一月初旬のことである。

「お伝えしておくれ、ブルータス家の奥様に。」

頭をたれて返事を待つ、ブルータス家の使者奴隷に、内気なムチアは、声をひそめてこたえた。

「ガイウスはたしかに今宵、わが家でお預かりいたしますと。」

ぶっそうな嫌疑は晴れたものの、ガイウスはこのところ、自宅に帰れずにいる。

このころ、彼がこしらえた借金の総額は、すでに天文学的数字といわれていた。

最大の貸し主はもちろんクラッススだったが、そのほかにも、あちこちの騎士やら土地持ちやら、小口の金貸し、掛け取りのたぐいがぞろぞろといる。この小粒な連中が、このたびの告訴騒ぎと、もうひとつ、べつな、もっと大きな理由から、浮足立って、スッブラの彼の家に、おしかけてきたのだ。

「しばらく、家に帰らないでほしい。」

一件ずつは小口でも、数多くあれば大層な額だ。対応に困った母と妻からそう言い渡された彼は、数多くいる愛人たちのベッドに、その身をもてあましている。どの役職にもつかず、立候補もしていないのをさいわい、およそ政治とは無縁の生活をおくっている。

かくまってくれる場所は、ほぼ無限にあった。一番重宝なのは、まさかとおもう家の奥方のところだ。

セルヴィーリアから今まさに知らせをうけとったポンペイウス夫人ムチアというのは、「偉大なるポンペイウス《ポンペイウス・マーニュス》」そのひとの妻――。現オリエント戦線最高司令官《インペラトール》にして、ガイウスたちクラッスス派の不倶戴天の政敵、グナエウス・ポンペイウス・マーニュスの奥方であった。

「いやいや、すまない、すまない。」

ガイウスは自分の家に入るよりも気楽な様子で、ムチアのサロンの裏口から、とびこむように入ってきた。

「つい何日か前に世話になったばかりなのに。セルヴィーリアのところは、みんなに知られていてあぶなくてね。」

こと色恋に関するかぎり、女たちは、男たちとはまったくべつな思惑でうごく。

ローマ女にとって、結婚は、家同士の主義主張でするものだったが、いちど結婚してしまうと、彼女らもじぶんの自由意志で動きまわるようになる。

世間では、既婚夫人が愛人関係をむすぶ相手は、その女の、純然たる好みによる、とされていたので、家同士のいざこざだの政治的主張などは、気にしたくなければそれでもかまわない。それに、ローマ人の貞操観念は、愛人との間に子供さえできなければ——、というゆるいものだったから、ガイウスのように、頭がよく、人気のある男は、じつに、見せびらかしたいような「極上の愛人」、ということになるのである。

ムチアは——、

ポンペイウス夫人ムチアは、そばかすのあるしろい頬に、乙女をおもわせる、困惑のほほえみをうかべて、ガイウスをむかえた。

ガイウスが、その頬にキスのあいさつをしようとしただけで、肩のあたりがふるえる。

ムチアは、テウトーリアやセルヴィーリアなどの、ほかのどの恋人とも、ちがっていた。

軽薄なふりをして男を釣るテウトーリアや、とろりとした母性そのもののセルヴィーリアとはちがう、可憐さのようなものだ。

古い血統をつぐムキウス一門の出で、本当なら、はじめから名門に嫁ぐべきお姫さまだ。それが、もとは田舎の一騎士で、スッラのお気に入りというだけで成り上がったポンペイウスの後妻に入り、おそらくは、夫の腕力に怯えながら、三人の子を産み育ててきた。

外ヅラと家の中がまったくちがう夫、というのは、ローマでもめずらしくない。まして、若いころは「殺し屋」などと異名をとったポンペイウスのことだ。言い伝えられている、戦場での、上官同僚にたいするさまざまな無礼身勝手について思い起こしても、彼が、家庭内でどんな夫だったか、ガイウスにも察しがついている。

そのこわい夫はいま、海外赴任中。まだ当分は帰ってこない。

愛人をもちたい。夫に絶対にばれない愛人を。

そう思うのも、彼女が人並みなローマ女であれば、無理からぬことだが――。

――もしかしたら彼女は、夫だけでなく、男全般が「ほんとうはこわい」のかもしれない。

「プレゼントですよ。」

ガイウスは持たされてきた包みを女の腕のなかにいれてやる。セルヴィーリアからのみやげの品だ。

「あらっ、刺繍糸だわ。まあ、こんなにたくさん！」

彼女の顔が、ぱっと明るくなる。

「ありがとうガイウス。わたしが言ったこと、覚えていてくれたのね。」

その喜びかたがあんまり初心《うぶ》なので、ガイウスも、それがセルヴィーリアからだというのは、あとで言うことにする。

「どうぞ入って。きのう、荘園からまた、イノシシのソーセージが届いたの。ハーブの混ざり具合がお好みだといってくださった――。」

普段なら、女しか出入りしない彼女のサロンは、ガイウスがいるあいだは、奥さまのいうことしかきかない、奥さまづきの女奴隷だけでかためられている。

かたいドライソーセージは、前菜になって、冬野菜の茹でものとともに登場した。パーティーではないので、寝椅子もない、ふつうの食卓であたりまえなのだが、それにしても素朴な、というか、軍隊のような質素さだ。

まるで監禁だな、とガイウスはおもう。でも、これこそが、これまでのムチアの「結婚生活」だったのだ。

「ご主人からなにかお便りは。」

挨拶のようにきいてみると、彼女はうつむいて、かぼそい声で言った。

「市内がどうなっているのか、もっとちゃんとした知らせをと、きのう——。困るわ。選挙や議会のことは、わたし、全然わからないのに——。」

かわいそうに。

出征中の夫については妻の身には不愉快なうわさばかりがながれてきている。

シリアのアンティオキアで、フローラとかいう若い遊女を酒席にはべらせ、今にも結婚しそうな勢いだとか、いやいや、彼が本当に夢中なのは、部下メテルス・ケレルの妹（未亡人）のほうで、気を利かせたケレルがローマから彼女を呼び寄せたものだから、二人の仲はもはや、本妻ムチアをさしおくほどに進んでいるのだとか——。

「政治のことは、お出入りのクリエンテスたちに、お任せになればいいんですよ。」

わざと、ガイウスは興味なげに言う。ここでこっちから「今年の執政官候補は」だのと口をすべらしては、いかにムチアでも警戒しはじめる。今日、ここから追い出されたら、ガイウスには行く所がないのだ。

「そうはいかないわ。妻ですもの、夫の役にたたなくては。」

ムチアは依存心まるだしの目で、ガイウスをみつめる。ガイウスは嘆息した。

「しょうがないですね、かわいい人。ポンペイウスどのに、決してわたしからといわないと、お約束くださるなら。」

今年の立候補者は、三人いる。

カティリーナと、キケロと、ガイウス・アントニウス・ヒュブリダだ。

「カティリーナさま——。」

同じだ。

彼女も、テウトーリアと同じ名前に反応した。

「存じ上げているわ。ハンサムで、名門で、でも——。」

おそろしい方、と、ムチアは言い、かぶりをふってつづけた。

「でも、そのかた選挙ではお勝ちになるのでしょ？　ヒュブリダさまとご一緒に。もうおひとり——キケロさま？——は、わたし、お名前もはじめてですもの。」

「まだわかりませんよ。——カティリーナの公約をごぞんじですか？」

カティリーナは、昨年とおなじ選挙公約をかかげていた。

「もし、実行されれば、ローマは大混乱にちがいないな。お宅もたぶん大損害だ。――ひらたくいえば『借金の棒引き』ですよ。全ローマ市民の、すべての借金借財を、すべてなかったことにしようというのですから。」

「借金？　棒引き？――。」

ムチアは目をぱちぱちさせ、まさか、という顔でくりかえした。

「借金を？　全ローマ市民の借金を？」

「そうです。全額、帳消しに、するんです。」

「ええ？　そんな――！」

ムチアは、息をのんだ。

「そんな。で、では――、うちは――このうちはどうなるの？」

「さあ。わたしのように、借り方の多いほうは、万々歳なのでしょうが――。」

そう。ガイウスが、自宅に帰れない理由の、もうひとつというのが、まさに、これであった。

現在、名門貴族のなかで、自前の資金だけで生活できているものは、皆無だ。荘園も邸宅も、みなたいそうなものを所有しているが、それらはすべて、抵当にはいっている。

ムチアは、詰めていた息を、はっと吐いた。顔に血がのぼり、熱くなったのだろう、真白な手を、頬にあてた。

金を貸しているのは、ポンペイウスのような騎士階級――つまり平民上層部の、金持ちたちだった。

彼らはいま、名門にはゆるされていない「商売」や「金融」で、巨万の富をきずいている。

ガイウス一人の借金でさえ、すでに天文学的なのだ。全貴族となったらいったいどのくらいだろう。

その金が、すべて、返ってこないとなったら——!?

「でも、でも——。」

混乱しながら、ムチアはそれでもなにか思いだしたようだ。

「待って。カティリーナさまは、カトゥルスさまのご親友だったはず。」

カトゥルス。「元老院第一人者《プリンチェプス》」（=議長）の、ルタティウス・カトゥルスだ。

「カトゥルスさまが、そんな、世の中をぶちこわすようなこと、おゆるしになるはずがないわ。——ねえガイウス、あの話は本当よね？　あのかたが、かつてカトゥルスさまの、その、——かたき討ちに、お力をかされたという——。」

「さて、その話は、ムチア、あなたのほうがお詳しいのでは？　わたしは人づてにしかきいたことがない。」

すると、ムチアは、さっとあおざめた。

「おそろしい——おそろしい話よ。あのかたは本当におそろしい。」

かたき討ちの手伝い——そのようにいえば、美談である。だが、その話をするとき、人はみな一様に、どんな屈強な勇士でも、どんな冷酷な人でなしでも、鼻先に死んだネズミでもぶらさげられたような渋面になるのだ。

カティリーナの名にまつわる、血のにおい――。

それは、ただひとつ、この話に端をはっしていた。

「ああ、いやいや、いや!」

ムチアは顔をゆがめ、ふるえはじめた。

「おそろしい。おそろしいわガイウス。そんなかたが執政官だなんて。――夫は、なんというかしら。クラッススさまは? また、むかしのような――スッラさまとマリウスさまのころのような内乱になるの?」


さよう。

ご他聞にもれず、ことは、スッラ派対マリウス派の、抗争華やかなりしころにさかのぼる。

カトゥルスの家は、先祖代々、筋金の入った元老院派で、当然、スッラに味方していた。スッラ派が、ほんの小さなつまづきから、窮地におちいったとき、カトゥルスの父は、その義によって、敗勢もかえりみずにスッラに味方し、マリウス派の軍にとりかこまれて自殺においこまれた。

カティリーナは、これに目をつけた。

この男、ガイウスより八歳ほど年上というから、その当時は二十四、五の若造だったはずだ。名門とはいえ、没落していたから、どちらの派に味方していたかも定かではない。軍隊を動かす権限もない。それが、これも当時はまだけっこう若かったはずの、失意のカトゥルスに接近し、そして、マリウスが死にキンナが殺され、マリウス派の力が弱まったとみるや、そのへんのごろつきどもをひきいて、にげまどうマリウス派の人々のなかから、カトゥルス父を「殺した」とされる人物を、カトゥルスのまえにひったててきたのだ。

狂喜したカトゥルスは、うれし涙にかきくれ、こういったそうだ。

「いけにえだ。いけにえとして、わが父の墓のまえで殺してくれ。」

ローマは共和政の文明国だ。市民を、告訴も裁判もしないで処刑するのは、法律で禁じられている。しかし、「いけにえ」となれば、すこし話はちがってくる。罪人や捕虜などの人間を、いけにえにしてささげることは、この当時、まだ禁止されていなかった。

あわれ栄光の元ローマ軍指揮官は、殺人の重罪人として、町じゅうを鞭うたれながら追いまわされ、つづいてカトゥルスの父の墓所までひきずっていかれた。そこで、生きながら、骨がばらばらになるまでこん棒でぶちのめされたあと、あの世でマリウスやキンナに見分けられぬようにと顔をきりきざまれ、さいごに首をはねられた。

カティリーナは、切り落とした首を、棒のさきにつけ、自分たちの先頭にたてて、意気揚々、市内をねりあるいたという。

この、特筆すべき蛮行に、カトゥルスが、どこまで関与していたかは、だれも語りたがらない。乱暴を首謀したにせよ、今は、権勢ならぶものなき「元老院第一人者」さまだ。若気のいたりのやんちゃなおいたを、いまさら蒸し返すのは愚の骨頂というもの。市内は、当時騒然とした無政府状態だったし、ほかにも、通常の手続きによらぬ私刑が、山ほど横行していた。

あれは、カティリーナがやったことだ。あの、名門くずれのやくざな色男が。あの、臭気ただよう残虐さをみろ。あれこそ、カティリーナの性格そのものではないか。

さよう。

彼がしたという、そのほかの狼藉行為——じぶんの実の娘を強姦してキズものにしただの、血を分けた兄弟を惨殺して財産をうばいとっただのは、みな、このあと、人の口にのぼったうわさにすぎない。言い伝えというものは、つねに、このようにして、事実からかけはなれていく。


問題解決。帰宅してよろしい。

ガイウスが、母アウレリアからその知らせをうけとったのは、その数日後、ちょうど、ガビニウスの妻のベッドで、愉快な時間をすごしている時であった。

カティリーナが、執政官に落選したのである。

「残念ですわガイウス。もう二、三日お泊まりくだされぱいいのに。」

元護民官ガビニウスの妻ロッリアは、平民出の、陽気なおかみさんだった。ご亭主はポンペイウスにオリエントへつれていかれていて、つまりはムチアと同様、空閨をかこつ、気の毒な身の上だ。おつむのほうはあんまりのくちだが、顔がひろく、それゆえポンペイウス派のあれこれを、ムチアよりもずっとわかりよく、ガイウスに解説してくれている。

おかげで、ガイウスの頭のなかには、かなり正確な、彼ら一派の勢力図が描けている。

「またいらしてねガイウス。このロッリアをお見限りなく。」

「もちろんだとも、スイートハニー。おたがい、ほかで出会ったときも、知らん顔はよしにしよう。」

後半を、ガイウスは小声にして、女の耳もとにふきこんでやる。ロッリアは「まあ。」と肩をすくめ、おかえしに、飛び切りの極秘情報を、ガイウスの耳にささやきかえしてくれた。

――ところで、ムチアさまのところに、ネポスが顔出ししたのはご存じ？　そうよ。ポンペイウスさまの副官の。――

「なにかお役にたつかしら。」

「じつに得がたきは、きみ、かおりたつ甘き花のロッリアだよ。」

名残りをおしむように、ガイウスは彼女の唇にお別れのキスをした。

迎えにきていたのは、カエサル家の奴隷ではなく、クリエンテスのオクタヴィウス――今年の護民官の――だった。姪の夫である年下の騎士に、矢継ぎ早に、ガイウスは質問をぶつけた。

「いま市内はどうなってる？　カトゥルスどのは？　最高神祇官のメテルス・ピウス閣下は？　そうだ、新護民官のラビエヌスにも会いたいな。オクタヴィウス、君なら約束も取りやすいんじゃないか？」

来年度護民官ラビエヌスは、すぐに時間をあけてくれた。二人は、執務卓にむかいあわせになると、すぐさま、用件にはいった。

「法案提出をたのみたい。」

ガイウスがいうと、ラビエヌスはうなづいた。

「『ドミティアヌス法』だな。クラッススにきいているよ。」

ローマの法律システムは、ちょっと変わっている。「旧法は新法によって廃止される」というのだ。「ドミティアヌス法」は、二十年前、スッラの成立させた新法によって、どこの議決も経ぬまま、自動的に廃止されていた。

「ところで——。」

ガイウスはつづけた。ドミティアヌス法再成立にはじまる彼の目論見《もくろみ》では、この先が、じつに重要なことだったからだ。

「ところで、メテルス・ピウス閣下はお元気か。」

「微妙なところだ。」

友はこたえた。

「なにしろ、お歳がお歳だからな。ローマ市内はおろか、お屋敷からさえ出ない日がつづいている。ついさきごろも、神事のためにカピトリーノの丘へのぼろうとして、途中で動けなくなられたらしい。」

「そうか。」

老人メテルス・ピウスの安否——。それこそが、この時点のガイウスの最大の関心事だった。

「法案提出をいそいでくれ。」

「うむ。」

ほかの誰にも、気付かれなかった。

ガイウスのたくらみは誰にも気付かれぬまま、するすると時は、新年度をむかえた。――新護民官の提出した新法は、たいした注目もひかずに、ほかの法律とともに採決され、成立した。

日経ずして、メテルス・ピウスが、死んだ。

待ちに待った、その時が来た。


「白いトーガ《キャンディード》を！」

ガイウスは叫んだ。

「ポンペイア、白いトーガを用意してくれ！　わたしは、メテルス・ピウスどののあとをつぐ、『最高神祇官』に立候補する。」

Ⅲ

市内は、ちょっとした騒ぎになっていた。

最高神祇官立候補。

ドミティアヌス法――今は、再提出者の名をとって、「ラビエヌス法」と名をかえていたが――は、じつに、このための法律であった。

これまで、十人の神祇官の互選によってのみ、選ばれていた、最高神祇官職を、全市民からの立候補と、全市民による選挙によって選出する。

しかも神祇官職は、スッラによって、名門貴族からのみ、選ばれることになっていたので、平民は、望んでも、平《ひら》の神祇官にさえなれないきまりだった。

それが、二十年ぶりに、ひっくりかえったのだ。

こんな、貴族にも元老院にもうれしくない法律が、注目もされずに成立したのは、皆が、「まさか、そんなことをするやつはいないだろう。」と思っていたからだった。「最高神祇官職」だ。何十年も神祇官をつとめて経験をつまなければ、つとまるはずがないと、全市民が、思いこんでいたからであった。

あわてたのは、次は自分の番、と期待に胸をふくらませていた、古株の神祇官たちだ。

白いトーガをきて、フォロ・ロマーノの演壇に立ち、立候補を宣言したガイウスのもとへ、二人の神祇官がおしかけてきた。

「旦那さま。」

執事奴隷老ターレスの、重々しいとりつぎの声を、ガイウスは、執務室の、中庭にむいてひらいた窓辺できいた。

「カトゥルスさまと、イサウリクスさまがおみえでございます。」

ルタティウス・カトゥルスと、プブリウス・セルヴィリウス・ウァティア・イサウリクス。

二人とも、白髪頭の老人だ。どちらも、スッラ死去後のローマをひきいた、元執政官であり、カトゥルスのほうは、現役の「元老院第一人者《プリンチェプス》」。ガイウスが、悪だくみさえしなければ、どちらかが、ほとんど自動的に、最高神祇官になれたはずの二人である。

「わしはもう、名誉はいらん。」

口火をきったのは、元老院第一人者（＝議長）カトゥルスであった。

「次の最高神祇官は、このイサウリクスどのを考えておる。知ってのとおり、イサウリクスどのは、われら神祇官の中では、一番の古参兵だからな。」

自分より実力のあるカトゥルスの横で、無意味に名前だけが長いイサウリクス老人は、緊張した面持ちで黙っていた。カトゥルスは言った。

「どうであろうの、ガイウス・カエサル。そなたは若い。それに、すでに神祇官でもあることだ。そのうちにきっとめぐってくる名誉を、なぜそんなにいそいで手に入れたがる？　ここは、一歩ひいて、先輩神祇官にゆずるのが筋とはおもわんかな。」

じつは、「最高神祇官」というのは、何の実権もない、名誉職であった。

ギリシャ、エジプト、ペルシャなどの、ほかの古代国家とローマとの、最大の違いはここにある。

神託をうけた神官の長が、おごそかに神殿からあらわれ、王や宰相が、さんざん苦労してきめたことを、いとも簡単にひっくり返すなどという茶番は、ローマではありえない。

そもそも、神祇官だからといって、しじゅう物忌みして暮さねばならないという習慣が、ローマにはないのだ。ガイウスもほかの同僚神祇官たちも、肉は食うし浮気もする。市民として政治に参加するのも自由なら、ほかの役職への立候補だって自由にできる。

ローマ人にとって、神官づとめは、なんというか、パートタイムかアルバイトのようなもの。しかも、世襲ではない。

「神」をうやまわぬというのとは、ちがう。神託、という制度もあるにはある。が、それは、ただひとつの例外をのぞいて、国家の行く末を左右するほどの力を持つことはない。

たぶん、それは、ローマから「王」というものがいなくなったときに、そうなったにちがいない、と、ガイウスは考えている。

「お断りします、カトゥルス閣下。」

ガイウスはこたえた。

「もうしわけないが、わたしは、今、最高神祇官になりたい。今、その名誉をうけたいのです。」

「なんじゃとて?」

カトゥルスは、目をむいた。

「選挙はカネがかかるぞ、ガイウス・カエサル。それをどう工面するのかね。」

「それは、おたがいさまです。」

カトゥルスは顔を真っ赤にし、唸り声をおしころしはじめた。それが、喉から、ひいひいと、音になって出ていた。カトゥルスの負けは、彼がガイウスを、はじめからよく思っていない、という時点で、すでにきまっていた。

怒りをおしころしながら、カトゥルスは言った。

「そなたは軍資金として、いかほどを考えているのかな。その二倍の額を、われら二人から進呈しようではないか。どうであろう若きカエサル。今はポンペイウスがオリエントで戦をしているさなかでもある。無用なあらそいごとは、避けるほうがかしこいのではないか。」

「――――。」

「いくつか、面倒な取り立て人の証文を、肩代わりしてやってもよいぞ。」

その言葉尻を、ガイウスはつかまえた。

「なんとまあ。」

聞くにたえない、という風情で、彼はかえした。

「あくまでもそのおつもりか。金で名誉を買うといわれるのか。これは元老院第一人者のお言葉とも思えない。」

カトゥルスは、口をあいたままだまりこんだ。ちょうど、口のかたちが「ポ」ではじまる単語を言いかけたようになっていた。イサウリクスもだった。なんとも間抜けな顔であった。

「元老院第一人者《プリンチェプス》閣下。」

イサウリクスが言った。

「わたしの知るこの者は、これほど愚かなやつではございませんでしたが――。」

「そうだな。こやつは国賊マリウスの戦勝碑を、公然とたてなおすようなやつであった。」

カトゥルスは唸った。詩人の弟を持ち、元老院で重きをなす老人の言葉は、こんな時でも、まるで原稿を用意してきたかのような、演説口調だった。

「若者よ。そのあさはかさが身をほろぼすまで、それに気づかんのだろうな。そういうことは、こっそりとやらねばならんぞ。ネズミのように、こそこそ穴を掘って、ちびりちびりとくずすのがふさわしいとは思わぬのか。おまえのは何だ。ええ？　この国賊の甥め。巨大な石投げ機で、公然と国家をぶちこわしてのけようというのか。」

「情けない。」

「なに？」

「情けないと言ったんです、元老院第一人者《プリンチェプス》閣下。」

「なんじゃとてェ？」

老人は頭から湯気を吹きはじめた。かまわず、ガイウスは言った。いまこそ、この権威ある老人に、力いっぱい、喧嘩を売る、その時であった。

「元老院派だ、平民派だなどと、いつまで古い恨みつらみにとらわれておられるのです？　だから、属州のギリシャ人やオリエントの敵に、甘くみられるのだとは思われないのですか。——今、閣下はわたしを愚かだといわれた。よろしい。わたしはそれをそのままお返しいたします。ポンペイウス出征中の、この大事なる局面に、ローマの神々をまつる崇高なお役目を、あなたがたのようなかたにまかせておくわけにはいかない。わたしは戦う。どんな借金をしてでも戦いぬいて、あなたがたお二人から最高神祇官職を守り抜いてみせますぞ。」

カトゥルスの鼻の穴がふくらんだ。みひらかれた目の、小さな黒いひとみが、見る間に、顔のまんなかに寄った。

「オ、オオオオオオっ。」

老人はのけぞった。不運にも、床はつい昨日、男の奴隷たちが総出でみがいたばかりだった。サンダルが、すべった。

「カトゥルスどの、カトゥルスどの、しっかり。」

たおれこんだ老人を、老人がだきとめようとしたが、だめだった。そのまま二人して床にたおれていきながら、イサウリクスが叫んだ。

「この礼儀知らず！　起こせ！　はやく助け起こさないか！」

ガイウスは苦笑し、合図をして、玄関わきに待っているはずの、老人たちの供の奴隷を呼びにやらせた。

「た、戦うと、戦うと、いったな、戦うと。」

カトゥルスは今やあおざめ、なんとか起き上がろうとしながら、肩で息をしていた。

「よ、よかろう、よ、よ、よかろうぞ無礼者。戦って、やろうでは、ないか。——選挙だ！」

顔がまた赤くなり、同時に、鼻血がでた。

「選挙だ、若造！　ぶちのめしてやるッ。そのときになって、吠え面をかくな！」

奴隷たちにだきかかえられ、不細工にも鼻血までたれながしながら、ころがるように、カトゥルスはカエサル家の玄関をでていった。

よほど口惜しかったのであろう。

翌日、白いトーガのイサウリクスのとなりに、おなじく純白のトーガのカトゥルスがいた。二人の老人はその姿で、手をとりあって、フォロ・ロマーノの演壇に立ち、最高神祇官への立候補を宣言した。

ことをクラッススに報告すると、クラッススはにやりと笑った。

「よくやった、ガイウス。元老院第一人者《プリンチェプス》は職掌柄、言い返されるのに慣れていないからな。よし、敵の票は二分された。いかにカトゥルスでも、もはやきみの敵ではない。」

「こちらの手勢は誰と誰です？」

「うむ――。」

ガイウスの問いに、クラッススは、もっていた名簿に目をおとした。

「慎重を期して、あまりうさんくさいのは使わないことにしたいな。ポンペイウスとつながっていそうな連中は、味方のふりをして足を引っ張るだろうから。――たとえば、そう、カエリウスとか。」

カエリウス――マルクス・カエリウス・ルフス――は、もう一人、貴族のクリオとともに、昨年十一月の「アウトロニウス告発」のときに、ポンペイウス派のスパイではないか、とうたがわれている。

「クリオはまあともかく、カエリウスはこのごろ挙動不審でね。――どうやら、キケロとつきあいだしたようなのだよ。」

キケロは、この年、カティリーナとの選挙にうちかって、執政官に就任している。

田舎出身で平民出――ポンペイウスと似た出自のキケロを、クラッススは警戒している。「隠れポンペイウス派ではないか。」というのだ。

「そうですね――。」

額を一本指でちょっと掻きながら、ガイウスは言った。ロッリアとの寝物語にきいた「人物関係図」が役に立つのは、まさにこのときだ。

「キケロのほうは彼と友だちになりたいのでしょうが――。ポンペイウスのほうは、どう思っているんでしょう。彼をものの数にいれているかどうか。」

いま現在、あこがれの文明中心地にいて、どんな大学者でも、呼びつけて自由に話せるポンペイウスが、いかに博学有能とはいえ、在ローマの田舎者と、わざわざ話をしたがるはずがない。

「ううむ。」

クラッススは唸った。

「そういう奴こそ、もっともあぶないな。やつにとりいるためなら、どんなことでもしかねないからね。――だが、クリオはいいだろう？　あいつには、騎士のアントニウスがくっついている。あれは使えるぞ。クリオにはもったいない『女房』だ。」

女房――。

ガイウスとクラッススは、目と目をみあわせ、吹きだした。

クリオとアントニウスは、あまりにも二人一緒に居たがるため、「相思相愛」「恋人同士」と思われている。

同性愛である。

成人した男どうしの同性愛は、それがおたがい市民のばあい、あまりよくおもわれてはいなかったが、だからといって隠すほどのことでもなかった。ことに、クリオとアントニウスのように、片方が貴族、もういっぽうが騎士などの平民で、身分差があり、しかも、体格や顔つきなどで、あきらかに上の身分のものが「男の役」であると、見た目にわかれば、たいてい、大目にみられる。

クリオ――ガイウス・スクリボニウス・クリオは、同名の父親が執政官をやったこともある平民貴族。対するマルクス・アントニウスは騎士身分の平民だが、伯父は今年度執政官であるヒュブリダだ。どちらも、年齢は二十代にはいったばかり。クラッスス派の、若手有望株だ。

「念のため、とおっしゃるなら、マルクス――。」

ミロもはずしてほしい。

ガイウスはいった。

「ミロは行儀がわるすぎます。先日、れいのプルケルの御曹司に無礼をはたらき、わたしが止めなければ大事にいたるところでした。」

すると、クラッススは嘆息した。

「——そうだったのか。御曹司が、またアルバにひきこもったとはきいていたが。」

プルケル家の女主人、御曹司プブリウスの姉クラウディア・メテリは、いっとき、弟の身代金を出さなかったクラッススをひどく恨んでいたが、その弟がローマに帰れたのも、ひどい神経衰弱から回復したのも、すべて彼の配慮だったと知ってからは、ポンペイウス派の連中と付き合うのもやめ、うわべだけは、おとなしくしている。

今、彼女を刺激するのは、得策ではない。

「そうそう、女房といえば——。」

手筈をきめると、クラッススはこじつけるように自分の奥方のことをもちだした。

「テウトーリアに挨拶したければ、いまは留守だ。なあガイウス。きみからも説得してくれたまえよ。彼女、怒って、実家のテウトリウス家にかえってしまったんだよ。」

テウトーリアが怒っているのは、クラッススが、カティリーナに肩入れするのを、やめようとしないためであった。

クラッスス家は、その貸金高が実質ローマ一の、大金融業者だ。その妻としては、夫が、なにゆえ、「借金全額棒引き政策」などを標榜《ひょうぼう》するカティリーナを、性懲りもなく応援し続けるのか、理解できないのである。

地位身分だけくらべれば、はるかに見劣りのする二人――ローマ市内出身でないキケロと、実は酒乱のヒュブリダが、やすやすと執政官になれたのも、ひとえに、彼のこの愚策が原因である。

金融規模の大きさこそ、共和国の偉大さのあかし。

テウトーリアは、そう考えていた。それを根底からくつがえすのは、全世界のわらいものになるにひとしい、と。

「――ねえテウトーリア。」

クラッスス弁護のつもりで、ガイウスは言ってみた。

「カティリーナは傑物ですよ。なんでそんなにお嫌いになるんです？」

「ああいう『顔だけ大王』に、ろくな男はいないからよ。」

歯ぎしりしながら、彼女は唸る。

「ポンペイウスだってそうよ。」

テウトーリアは、カティリーナも嫌いだったが、ポンペイウスはもっと嫌いだ。

「二人とも情も実もこれっぽっちだって持ち合わせているものですか。ローマにとって、ああいう自意識過剰な男がもっとも危険なのよ。自分のことしか考えていないから、人から自分がどう見えているかわからないんだわ。おまけに、みみっちいときたら、もう救いようがないじゃないの。」

昔から、さかしらに、強引に、現状を変えようとするものは、例外なく、ローマを危機におとしいれてきた。カトゥルスとの血みどろの友情だの、娘を強姦しただのは、悪行としてものの数にもはいらない。カティリーナは、もっともっと危険な人物なのだ――。

テウトーリアのこの考えは、この時点では、男たちにとっては、「あてにならぬ女の勘」でしかなかったのだが――。

カティリーナは、まだ、次の執政官への再々度の立候補を、あきらめていなかった。そしてそれは、このあと、ローマを、大混乱のるつぼに、たたきおとすことになるのである。


町に、最高神祇官選挙の、「ポスター」が、張りだされた。

紙ではない。この時代、紙はまだ高価だ。人家の外壁を白くぬって、そこへ直《じか》に描くのである。

まずは、支持者たちの家の壁からだ。

――ガイウス・ユリウス・カエサルを最高神祇官に当選させるよう、あなたの隣人はお願いする。――

――ローマ土木組合は、アティウスおよびペディウスとともに、ガイウス・ユリウス・カエサルを応援する。――

――機織り職人および染め物職人の市民諸君！　羊毛および麻の織物商にして騎士のコスッティウスは、最高神祇官に、アッピア街道の修理に私財をなげうった、元按察官のガイウス・カエサルを推薦する！――

さよう。

ローマのために、これまで、ガイウスのやってきた、こまごまとした雑役が、ものをいいはじめた。皆、ちゃんと覚えていたのだ。一昨年、神々の祭りが、ことのほか華やかだったのは誰の手柄か。フォロ・ロマーノの闘技会で、全剣闘士の腕に、みごとな銀よろいを着せたのは？　荒れ放題だった高速道路を整備したのは？

そして、皆が、それをしてくれたガイウスに、礼をしたいと思っていたのだ。

これに対し、敵は、一種のネガティブ・キャンペーンで応戦した。

――全ローマ泥棒連盟、略して「ロー泥連」は、満場一致で、ガイウス・カエサルへの投票を決めた。――

――全ローマ酔っ払い同盟と朝寝坊・夜明けの大酒のみが、皆さまへお願いする。ガイウス・カエサルを最高神祇官に選んでくれるように。――

――下級娼婦のスミュルナは彼を支持する。スミュルナ自身が、客と仕事中の闇夜にこれを書く。――

――ガイウス・カエサルにもし投票する者がいるなら、その者は、ウマのクソの上にすわるべきだ。――

それらは、おおらかな笑いとともに放置された。どうせ、大したことは書けない。かけば、誣告罪《ぶこく》に問われるからだ。

投票日がきた。

スッブラ坂のカエサル家は、夜のあけぬうちから、明かりがつき、人の動きがあった。

「行ってまいります、母上。」

自分も投票にいくため、ガイウスは母アウレリアに挨拶をした。

「もし、わたしが敗れたという知らせがあったときには、わたしの帰宅を待たないでください。」

九分どおりは、大丈夫だろう。だが、万が一のばあいは、もうローマにはいられない。なんといっても敵は、元老院第一人者なのだ。

「ポンペイア。」

彼は妻にも言った。

「母上をたのむ。」

娘ユリアと、息子同然の小ペディウスにも抱擁のあいさつをして、ガイウスが出て行ってしまうと、アウレリアとポンペイアは、目をみあわせ、そして、二人同時に手をうちならした。

「大事なものはすべて荷造りを。すぐにアルバへ運び出せるように。」

逃げ仕度だった。その日は朝食も昼食も、おもてのあぶり焼き屋からの仕出しになった。アウレリアが代金を支払おうとしたが、店主夫婦はうけとらなかった。

夜になって――

祝勝のパーティーでヒーローになったガイウスは、ほろ酔い気分で、帰宅してきたのだが――。

「どうしたのだ、このありさまは。」

荷造りが、中途で止まっていた。夕方、フォロ・ロマーノからかけもどってきたあぶり焼き屋の亭主から、やっと「当選」の知らせをうけとった家族は、どっと疲れがでてその場にへたりこみ、眠り込んでしまった。立ち働く奴隷たちも同様で、床は、散乱したカーテンやドレス、動かしかけた家具などで、足の踏み場もなかった。

「あ、旦那さま。」

手伝いに呼ばれたらしい、アルバの執事マムラが、絹の眼帯をつけた美貌を、執務室の奥からのぞかせた。

「ご当選おめでとうございます。ほんとによろしゅうございました。晴れて、最高神祇官さまでございますね。」

マムラは、自分も今きたばかりで、ニュサ姫からお祝いを申し上げるように言いつかっているのだというと、ガイウスについて帰ってきたティモテオスと手分けして、勝手知ったる屋敷うちをはしまわり、一番若いメリプロスと、こういうとき頼りになるギュリッポスとを起こしてきた。

「これは旦那さま。どうも、不調法のきわみでございます。」

まがっておかれた執務机に、どうにも取り合わせのわるい台所用の椅子にこしかけて待っていたガイウスは、恐縮するスパルタ人奴隷を、じっとみつめると、言った。

「いいことを考えたぞ、ギュリッポス。」

「は？」

ギュリッポスは、びくっと、身をひいた。悪い予感がしたのだ。

「これはおあつらえむきの雰囲気だ。この雑然と弛緩を、改善せねばならん。」

「旦那さま、何を――。」

「引っ越しだ！ ギュリッポス！ 皆をたたきおこせ！ おもてに荷車をつけろ！」

「引っ越しですって？ これから？」

「そうだ。」

「おそれながら無茶です、旦那さま。」

ギュリッポスは身ぶるいしながら言った。

「いまから、行き先がどちらの丘か存じませんが、この真っ暗な中、坂の下りはいいとして、上りは――。」

「いや、上り坂はない。」

「えっ？」

スッブラ坂の下にあるのは、共和国広場――フォロ・ロマーノだけだ。

ガイウスはなにをいっているのだ。頭がおかしくなったのではないか。フォロ・ロマーノ――露天の広場で、野宿しようというのか。

突然、奥から、女の声がした。

「いい考えね、ガイウス。」

食堂の寝椅子でうたたねをしていたポンペイアが、起きだしてきていた。腕組みしてこっちをみている。

「ギュリッポス。住む場所ならあるわ。これ以上ないところが。」

「うむ。最高神祇官の住まいとして、もっともふさわしい場所だ。」

「だ、旦那さま！」

フォロ・ロマーノの前には、「最高神祇官公邸」という建物があった。築数百年の、石造りの、頑丈で立派な館である。

「あんなところに！　ひとの住むところではございません。ハエと蚊とボウフラの巣窟ではありませぬか！」

「それは昔の話よ、ギュリッポス。」

ポンペイアは言った。

「不思議ね。なぜ歴代最高神祇官は、あそこに住もうとしなかったのかしら。」

「決めたからには急がねば。」

ガイウスは言った。

「引っ越しだ。ポンペイア、みんなを起こしてくれ。今夜じゅうに移ってしまおう。朝になって、邪魔がはいらぬうちに。」

カエサル家の奴隷たちは、じつによく働いた。あぶり焼き屋も起きてきて、夜食をさしいれてくれた。

「お名残りおしい。旦那さま、奥さま、大奥さま――、お供できませんが――。」

亭主とおかみに見送られて、明けそめた空の下を、一家は最高神祇官公邸へむかった。

築数百年。

多くの市民にとって、それは単なるモニュメントの一種であった。夜があけて、そこに大真面目に住もうとしている一家があるのを見た彼らは、みな、なんと酔狂なと笑ったのであるが――。

「問題だ。これは問題だぞ。もしほかに気づくものがいたら大変なことになる。」

気付いたのは、クラッススであった。

数百年前の、王制時代――。

この最高神祇官公邸は、そのころ、ローマ七代の王が住んだ、「王宮」であった。ガイウスは、ひとになんの文句もいわせないかたちで、「旧王宮」の住人に、なりおおせたのだ。

## Ⅳ

ガイウスの、快進撃はつづいた。

夏。翌年(BC62年)の法務官をえらぶ選挙があり、ガイウスはここでも立候補し、当選した。

つづいて、ガイウスが手をだしたのは、なんと裁判である。

ローマでは、貴族でさえあれば、だれでも、人を訴えたり弁護したり裁いたりできるのであるが、おあつらえむきに法務官の地位を手に入れたガイウスは、直接訴えをおこしたりはしなかった。動いたのは、こんども、友人の護民官ラビエヌスである。

告訴されたのは、元老院議員の、ラビリウスという老人であった。

「なんだって。ラビリウスがラビエヌスを訴えた？　ん？」

逆である。

――老人ラビリウスは、かつて、護民官サトゥルニヌスを、裁判を経ずに、殺害した。護民官は「身体不可侵特権」をもち、それはどんな場合にも無視されてはならない。よって、老人ラビリウスは、殺人者としてさばかれるべきだ。――

いったい、いつの事件だ。

護民官殺害という大事件だというのに、大多数の市民が、すぐにはそれを思い出せなかった。訴えられた老人自身でさえ、当時のことは、うっすらとした記憶の彼方に、きえかかっている始末である。それでなくても、告訴人と被告人の名をつづけて言うだけで、舌をかみそうになるのだ。

四十年ちかくまえ――。

当時、かのマリウスが、「平民執政官」として国政に腕をふるっていたのを幸い、平民たちのふるまいは、元老院や貴族の立場からみれば、「したい放題」の域にあった。

護民官サトゥルニヌスは、身分がそもそも平民であったため、元老院ではその動きを注意をもって監視していた。護民官の仕事は、「貴族の横暴から平民を守る」こと。職務に忠実な彼は、主として「無産市民《プロレターリ》」の生活を守るための法律――「小麦無料配給法」と、「植民地法」とを改正、成立させようとしたのであるが、これを「見るにみかねた」元老院が、お決まりの「元老院最終勧告」を発動した。ご存じのとおり、これで名指しされたものは、裁判なしで殺してもかまわないという、乱暴なしろものだ。

――そうだ。あのときは元老院最終勧告があった。――

当時の回顧録などをひもとき、人々はやっとのことで、事実関係を把握しはじめた。

――あれは殺人ではないぞ。みつけたものは、誰であれ、彼を殺す正当な権利があったのだ。――

そしてついに、だれかが言い出した。

――そもそも、四十年まえ――正確には三十七年前だが――といえば、告発者のラビエヌスは何歳なのだ。幼児ではないか。――

さよう。陰で彼をあやつる当のガイウスなどは、やっと母親の腹から出たかどうかの赤ん坊だ。

――こんなおかしい裁判があってよいのか。くちばしの黄色いヒヨッコどもが、これまで威厳と尊厳をもって一家の長としてくらしてきた老人を、その時合法であった行為でもって裁きの場にひきずり出すなど、もってのほかではないか。――

「やりすぎた。」

ポンペイアににらまれ、ガイウスは率直にみとめた。

「せっかちねえ。」

ポンペイアは嘆息した。

「カトゥルス閣下も言っていらしたでしょう。こういうことは、ゆっくり、こそこそ、やるものだって。」

訴えは、とりさげるしかなかった。

ラビエヌスは、だまって、恥をかいてくれた。


来年度執政官選挙にもりあがりはじめたローマに、大変な知らせがとびこんできたのは、その直後——夏も盛りをすぎた八月末のことだった。クラッスス派で、最初にそれをキャッチしたのは、ポンペイウス夫人ムチアの家で一夜をすごした、ガイウス当人であった。

「大変ですクラッススス。」

朝まだき、クラッスス家にとびこんだ彼は、クラッススの顔をみるなり、告げた。

「コーカサスで、ミトリダテスが自殺しました。ポンペイウスが帰ってきます。オリエント出征の名目がなくなって、あの、ポンペイウスが、帰ってきます！」

じつに二十五年。

三次にわたり、三人もの執政官級総督とその軍団をつぎこんだ、対ミトリダテス戦争、終結の時であった。

ミトリダテス六世は、息子ファルケナスの反乱にあい、進退きわまって自殺した。ムチアによれば、反乱をそそのかしたのは、当のポンペイウスである。王子ファルケナスは、これ以上ローマにさからうことの不利を悟り、しばらく前から、秘密裏に、降伏をうけいれてくれるよう、使者を、ポンペイウスのもとへおくってきていた。

ポンペイウスは、オリエントでただ遊んでいたわけではなかった。ずっと、シリア・パレスチナのあたりで、王さま同然の暮らしをつづけていたのは本当だが、情勢自体は、その彼を中心にして、怒濤のいきおいで動いていたのだ。

で——

ここからは、ポンペイウス自身が、これ以前に、元老院に逐次報告してきていたオリエント情勢のあらましであるが——。

前任者ルクルスにとっては、あれほど強力であった「オリエント君主同盟」も、十二万の大軍を擁するポンペイウスの前には、砂の壁も同然だった。ミトリダテスは、まずペルシャにみすてられ、やがて娘婿のアルメニア王にもみかぎられて、ついには大事な本拠地ポントスさえすてて、黒海のかなたコーカサスに亡命していた。

亡命をまえに、彼は、自分にしたがおうとしなかったわが子四人を、処刑したとつたえられる。後継ぎとして、王子ファルケナス一人を残し、ポントスに残ろうとした者や、ローマに降服しようとした者を、殺してしまったという。

それでも――。

シリアが無事であれば、ファルケナスも、父にさからおうなどとは考えなかったかも知れない。

ポントス本土がローマの属領になってしまったあと、ポンペイウスはなにを思ったか、シリアに攻め込んだ。アレクサンドロス以来のセレウコス朝を、あとかたもなくふみつぶした。まるで、もう、ミトリダテスもファルケナスも眼中にないがごとくの振舞いだった。

――無視された！――

ミトリダテスは怒り狂った。

へき地に亡命しているとはいえ、敵はこのミトリダテスであるはずなのに！

この時点で、おそらく、ミトリダテスは、自分というものを見失っていたのだろう。

若いファルケナスは、そんな父親を、横目でみていた。父親が、周辺のケルト人から奴隷にいたるまでを動員して、軍隊らしきものをつくりはじめても、だまっていた。――さよう。彼に、彼自身の考えがめばえたのは、この時であったにちがいない。

父ミトリダテスは、老いた。弱者となりはてた。いまや、ポントス一国さえも守れない、弱者となりはてた。

そしてファルケナスは思った。自分は、その父よりも、もっと弱い、と。

ローマには、勝てない。弱い自分たちと、同盟してくれる国は、もうこのオリエントには、存在しない。

この弱者ファルケナス王子にたいして、ポンペイウスは冷たかった。

ムチアによれば――つまり、ポンペイウス家のクリエンテスたちが、彼女に報告したところによれば――、ポンペイウスは、恥をしのんで這いつくばる王子にたいし、無情にもこう言い放ったのだという。

――降伏したいなら、父親を殺してくるがいい。――

「なんと。子に父を殺せと命じたのか。」

そこまで聞いてクラッススは頭をかかえた。

「人でなしめ。自分のすることが、ローマのすることだというのがわからんのか。」

数日して、ミトリダテスの最期のようすが、正式に、ポンペイウスから報告書として元老院にとどけられた。

父が宮殿にしていた亡命先の家を包囲し、征服者として父親との会見にのぞんだ息子ファルケナスは、慣例にしたがって、父に自殺用の毒をすすめた。ローマの護民官とおなじく、オリエントの王には、身体不可侵特権があったからだ。父親は笑い、息子に告げた。

――こうなるとなんとも面倒なことだな。忘れたか。余は毒殺されないように、日ごろからあるゆる毒に身体を慣らしている。余をその意に副《そ》わせたいとねがうなら、息子よ、その腰の剣を、暫時、余に貸すがよい。――

ポンペイウスは、このあと、はるばる黒海北岸から運ばれてくるミトリダテスの遺骸を、検分する予定なのだという。そののち、ポントス歴代の王墓のあるシノペへの埋葬を許可し、父殺しのファルケナスには、罰として、遠くはなれたボスポラスに、小さな王国をあたえ、ローマ市民権もあたえずに追い払う予定だという。

「これがローマ人の常識だと受け取られるのだ。」

クラッススは、頭をかかえた。

「恥ずかしい。オリエントの王たちは、これをなんと見るだろう。」

「しっかりしてください、クラッスス。」

ガイウスは言った。

「オリエントのことより、まずはこのローマのことです。」

もう時間はあまりない。クラッススは、一刻もはやく、元老院と市民集会を、わが手に確保しなくてはならなかった。

「――ガイウス。」

クラッススはいった。

「すまないが皆と手分けして、今年の全候補者を調べてくれ。全部だ。一度調べのついている者も全部。すでに決まった会計官や護民官も、もちろんこれから選挙の執政官まで。ポンペイウスが誰をどの地位につけたがったのか、つけようとしているのか、知りたい。」

ポントスのミトリダテス王死去の報にせっし、ローマは、十日間の感謝祭をもよおした。敵の死を悼むとか、冥福を祈るというのではない。ローマの敵をとりのぞいてくれた、ローマの神々にたいして、感謝をささげるのだ。

「王制」や、ギリシャの「民主政」よりもすすんだ制度として「共和政」をかかげるローマもまた、この点においてはまだまだ立派な「古代国家」であった。

新任最高神祇官として、ガイウスが、この祭祀をつかさどった。

以前、道路修理や剣闘士試合のときにもそうだったが、ローマでは、祭りや土木工事の費用は、それを主宰する者がださねばならない。当然、彼の場合は、クラッススから借金である。

クラッススはさいしょ、その出費をしぶった。感謝祭は、同時に、それをなしとげたポンペイウスへのそれでもあったからだ。

ガイウスの説得により、彼の愛妻、テウトーリアが、帰宅することになった。

クラッススは、しぶしぶながら、金貨の袋を、ガイウスの自宅——最高神祇官公邸に、とどけさせた。

このころ——

街なかが、どうもおかしい。

最初にそう言いだしたのは、やはりテウトーリアだった。

「みんなが言っているの。なんだか、通りに兵士が増えたような感じだって。」

兵士といっても、だれも軍装はしていない。みなチュニックにトーガの平服である。兵士は、現役退役にかかわらず、一兵卒から凱旋将軍まで、武装したままでは市内に入れないからだ。

彼女の実家テウトリウス家は、下町にあり、手狭で、パーティーやサロンを開くような余裕はなかった。そのかわり、この勘のするどい貴婦人は、パラティーノの邸宅にいるのではわからない、「街の空気」のようなものを、感じとってきたのである。

「ポンペイウスの兵士たちじゃないと思うの。髪は灰色だし、年齢《とし》はうちの人より、とっている感じだもの。」

妻を全面的に信頼しているクラッススは、すぐさま調べをつけた。

「退役兵だ。スッラの時代に現役だった連中だよ。」

ローマ市民のうち、「無産市民《プロレターリ》」から兵士なったものには、退役のときに、土地があたえられることになっている。「有産」の市民に格上げされるのだ。

あたえられる土地は、たいてい、ローマからとおくはなれた、いくつかの地方都市のそばで、それゆえ、彼らはふだん、首都ローマからは離れて生活している。

それが、秋、ローマに大挙しておしかけてくる理由は、ひとつしかない。

「選挙だわ。」

クラッスス夫人は、顔をしかめた。

「カティリーナよ。貧乏土地持ちの旧兵連中が、カティリーナに投票しに来たのだわ。」

カティリーナの名は、このころ、彼がターゲットにしていた名門貴族ではなく、むしろ、テウトーリアのいう「地方住まいの貧乏土地持ち」のあいだで、支持をひろげていた。

彼ら――旧兵たちは、もらったばかりの土地を担保に、早くも借金をしていた。彼らが身体をはって得た土地は、一人、二人がやっと食えるかどうかという、小ささでしかなかったからだ。

家族をかかえ、みな、かつかつの、貧乏ぐらし。それゆえ、彼らは、借金に走る。担保は、もちろん、その「土地」だ。

そんな暮らしの彼らに――その目に、カティリーナの振り回している「借金棒引き政策」の旗が、どのように見えているか――。

ポンペイアも言いだした。

「ねえあなた。ユリアの結婚の件だけど――。」

ガイウスの一人娘ユリアは、先日、セルヴィリウス・カエピオという若者と、婚約をとりかわしていた。

それを、少し待ったほうがいい、もうすこし、世情がおちついてから――と、ポンペイアは言った。

「これはユリアが言い出したことよ。母上もそのほうがよいとおっしゃっているわ。」

ポンペイアは、そこで、声をひそめた。

「あなた、気をつけて。わたし、カティリーナはもう駄目だと思う。」

彼は、戦術をあやまった、と、ポンペイアは言った。

「『スッラの旧兵』というのは、元老院の人たちがいう「スッラ派」ではない。ただわたしの祖父スッラの指揮で戦ったというだけの、まぎれもない平民よ。」

どんな名門貴族でも、平民の利益代表になったら平民派だ。そして、平民派と目されたものを、それが誰であっても、排除しようと動くのが、元老院というものである。

「――カティリーナは、ねじれてしまった。こんなふうに、おなかから上は元老院を、腰から下は平民を向いてる。そしてそれに気が付いていないの。」

そうだ。

カティリーナは、自分のことしか考えていない。ほかから、自分が、自分の主張が、どう見えて聞こえているかが、わかっていない。

そんな男が、もし、「数」の理屈だけで、ローマ全土を統べる、執政官になってしまったとしたら――？

当選してしまったら、彼はもうクラッススのいうことは聞かないだろう。ポンペイウスのいうことも、たぶん無理だ。彼も彼の支持者も、ただただ、自分のことしか考えていない。「共和国への忠誠」も、貴族ならだれでもが背負っている「高貴なる義務」も、すべて、平民たちの「数」にのみこまれる。

もし、いま、ほんとうにそんなことになったら――？

秋がふかまるにつれ、退役兵の数はさらにふえた。

市民たちは、貴族も平民も、あるおそれをいだきはじめた。

この元兵士たちは、ただ投票だけのために、あつまってきているのだろうか？　もしかして、もっと凶悪な理由が、あるのだとしたら――？

それは、貴族、平民をとわず、もとからローマ市にすみついていた市民のあいだに、しずかに、しみこむようにひろがりはじめた。

それは、当然、クラッススの耳にもとどいた。賢夫人テウトーリアが、夫に、忠告することは、したのだ。

だが、クラッススは、カティリーナを応援するのを、やめなかった。

クラッススもまた、自分のことしか、考えていなかったのだ。彼の眼中にあるのは、オリエントで、ゆるゆると帰国の途につこうとしている、凱旋将軍ポンペイウスの、余裕綽々《しゃくしゃく》のハンサム顔だけだった。ほかには、なにも、見えていなかったのだ。

九月二十三日。

事態はうごいた。

「元老院召集ですって!?」

ガイウスの家――「最高神祇官公邸」で、オクタヴィウスが絶叫している。

「そんなむちゃくちゃな！　女房が今にも子を産むって時に！」

前年、護民官をつとめあげたオクタヴィウスは、めでたく、元老院議員の仲間入りをしていた。夜半すぎから陣痛のはじまっていた彼の妻アティアは、ついさきほどから、祖母アウレリア、母の小ユリアに介添えされて、お産の最終段階にはいっている。

「オクタヴィウス。とりあえず君はここに居ろ。いいから居ろ。」

産婦の父アティウスも、常になくそわそわしていた。もし、赤ん坊が男なら、すぐさま婿に、認知の儀式をさせなくてはならないからだ。

元老院議事堂は、フォロ・ロマーノのはずれにある。目と鼻の先だが、いったん議場にはいってしまったら、議事が終了する夕方まで、でてくることはできない。

「こんな日に元老院なんて。ちくしょう、キケロのやつ、男の子が生まれたらどうしてくれるんだ。」

議会を召集したのは、執政官のキケロであった。彼がなにゆえ、突然議員たちを集めようと思い立ったのかは、まだ誰もしらなかった。

気もそぞろなオクタヴィウス一人を家にのこし、カエサル家の一党が、フォロ・ロマーノにでると、ようすがおかしい。広場が、なんとなく、ざわついている。人込みのなかに、ガイウスは、向こうから足早にやってくる友人ラビエヌスをみつけた。

「よかった。いま迎えにいこうと――。」

ラビエヌスは、ガイウスの耳に口をよせて、ひとこと、そっとささやいた。

「キケロどのが演説するんですが――変なのです。トーガの下に――。」

つぎの言葉に、ガイウスの顔色がかわった。

「急ごう。」

議場では、はやくも、演説がはじまろうとしている。ガイウスたちが入っていくと、カトゥルス老人が、たちあがった。

「元老院議員諸君《パートレス・コンスクリプティ》。注目したまえ。執政官キケロから、提案があるそうだ。」

キケロが、演壇にのぼった。

議員たちは、息をのんだ。

執政官の紫のトーガの下に、彼は鎧をきていた。

異様といって、これほど異様な姿はなかった。

市内で——ローマ市内で、「武装」しているなど——！

彼の背後をかためる、執政官づきの六人の警吏たちも、目角《めかど》をとがらせて、議場全体を、にらみわたしている。

「元老院議員諸君《パートレス・コンスクリプティ》。」

彼は、そう、型どおりによびかけただけで、いつもの、長たらしいビーズ飾りのようなあいさつは、一切しなかった。

「議員諸君。先日来、巷間にささやかれているうわさについて、重大な真実があきらかになった。見たまえ！　そこに反逆者がいる。そこにいるカティリーナとその一味が、『スッラ旧兵』とよばれる、在トスカナの退役兵とともに、ローマ転覆をはかろうとしているのは、真実である。よって、今年度執政官キケロとヒュブリダは、連名で、元老院にたいし、『元老院最終勧告』の発令を願い出るものである。」

議員たちは、無言だった。

反逆者？

ローマ転覆だって？

本当に？

議員たちの半分は、まだ半信半疑だった。まさか本気で謀反だなどと。キケロが、そう言っているだけではないのか？

キケロが、つづけた。

「一味の氏名は――。」

キケロは名簿のようなものを持ち、それを読み上げていた。

法務官レントルス。

元法務官カテーゴス、
同じくガビニウス。

貴族スタティリウス。

在トスカナのマンリウス。

護民官カルプルニウス・ベスティア。――

すでに知られていた数名のほかに、二人の元法務官と、若い貧乏貴族一人、騎士一人、そして元老院議員一人の名がよびあげられた。議場が一気にさわがしくなった。

ガイウスはたちあがった。

「ちょっと待ってもらいたい。なにかの間違いではないか。」

ガイウス・ユリウス・カエサル、という名が、よびあげられていた。

いま、この名前の議員は、ガイウス一人しかいない。

「その名簿は、一人多くて一人少ない。そこに入るのは、わたし以外の誰かではないのか。」

名簿に、ミロの名がなかった。奇妙なことであった。ミロはクラッススのところでも、よそのパーティーでも、まるでコイのフンのようにカティリーナにぴったりとくっついていたはずなのだが——。

キケロがいった。

「ユリウス・カエサル議員。告発者が二人いる。きみの名を、カティリーナ本人から聞いたもの、きみが、カティリーナにあてた手紙の、本物を持参したもの。」

だれかが、ガイウスにささやいた。

「みろ。ミロがいるぞ。」

ラビエヌスだった。

「キケロのうしろだ。警吏たちにまじって。あいつがきみを、名指ししたんじゃないのか。」

その時だ。

カエサル家の奴隷——若いメリプロスが、場慣れないようすで、議場にはいってきた。手になにか手紙のようなものを持ち、遠慮がちに、主人のガイウスにちかづこうとした。

「手紙だ！」

叫んだのは、小カトーだった。今年、元老院に入ったばかりの一年生議員だ。声が、びんびんと、議場の天井にひびいた。

「執政官がいま手紙といわなかったか。なにか外と通信している。あれこそ陰謀の証拠にちがいないぞ。」

ひとびとは、ふたたびかたまった。若い奴隷は、その場でたちすくんだ。

「きみ。」

ぞっとするような丁寧さで、キケロはメリプロスにいった。

「どうぞ。遠慮なく。手紙をご主人にわたしたまえ。――カエサル議員は、それをその場で開くのだ。」

満場にみつめられ、ガイウスは執政官の言葉にしたがった。キケロはいった。

「なんの手紙だね、カエサル議員。」

「なんでもありません、執政官閣下。私的なものです。」

「今、ここで、読んではくれないかね。でないと、ポルキウス・カトーがおさまらんだろう。」

「――。」

ガイウスは文面に目をおとした。

見慣れた文字だ。ガイウスはためらい、小カトーのほうをちらりと見やって、声にだしてよみはじめた。

「いとしい恋しいわたくしのガイウス。このところおでましがなく、さびしい毎日です。どうか今宵、今宵こそ。わたくしは夜明けまで一糸もまとわず、あなたにこの胸をゆだねます。息子のブルータスがはたらいた先日の無礼を、あなたの前に身をなげだしておわびしたいのです。」

「やめろ。」

小カトーがうなりだした。

「やめないか、女たらしめ！」

「息子ブルータスが」というところで、議場の全員に、手紙の主がわかったのだ。セルヴィーリアだ。小カトーの姉のセルヴィーリアだ。この、ローマ建国の時代からやってきたような、大真面目を絵に描いたような小男の姉が、今夜、ガイウスの前で、真っ裸で身を投げ出すと言っているのだ。

ぷっ。

小カトーはだまりこんだ。顔が、見る見る、赤にそまった。

どこかでだれかが吹きだした。それまで何を話していたのかさえ、人々はわすれた。議場は、大爆笑にわきかえった。

「諸君！」

執政官が叫んだ。

「諸君！　静粛に！　しずまれ。しずまらんか！」

騒ぎのなかで、老カトゥルスも倒れた。カトゥルスは、セルヴィーリアの従兄だった。またも気絶した彼は、混乱のなか、担架で外にはこびだされた。

議長役がいなくなった議会は、もう収拾がつかなかった。いつのまにか、散会の段取りになってしまった。

「あぶないところだった。」

議場をでると、カエサル家のクリエンテスたちは、まず無事を喜び合い、それから、時の氏神になった若いメリプロスの手柄をたたえた。

「わたくしではございません。」

父親の老グリフォゆずりの、かしこそうな額で、ガリア人らしい金髪が、生き生きと跳ねる。

「旦那さまがたがお出かけのあと、若奥さまのところにブルータス家からのお使いがみえて、どなたさまかが、今日の議会で、旦那さまをおとしいれる計画だというものですから。」

ガイウスはトーガのふところから、あらためて、その恋文をとりだした。注意ぶかく、読みなおしてみた。浮き出てきた名前が、二つあった。

「——あぶないところだった。みたまえ。どうも不思議な字配りだと思っていたんだ。」

皆のまえで、行の左端と右端を、縦に、ガイウスは追ってみせた。左にカトゥルス、そして右にはキケロ——。

「――――。」

男たちは、嘆息した。

「よくぞお知らせくださったものだ。ご自分のご一族の陰謀を。」

「今日は彼女のところへ行くよ。」

ガイウスは言い、そのまえに、と、声をあらためた。

「まずはキケロのところだ。」

カトゥルスが、みずからすすんで親友カティリーナを罪におとしいれるはずはなかった。キケロだ。おそらく、ガイウスを痛い目にあわせたいカトゥルスと、執政官として社会不安の中心になっているカティリーナをなんとかしたいキケロが、それぞれの目的で、結託したのだろう。カトゥルスとしては、さいごには罪をぜんぶガイウスにかぶせるかなにかして、親友をキケロの手から助けてやり、口をぬぐう気だったのにちがいない。

一同は肩をいからせて執政官の家におしかけた。ガイウスは、なんといっても、次期法務官だった。にせの密告をしたものは、法にしたがい、すぐに指名手配となった。

とらえられ、ひきわたされたミロともう一人を、ガイウスは、誣告された者の当然の権利として、フォロ・ロマーノに引き出し、鞭うちの刑に処した。

アティアの子は、待望の男の子であった。父のオクタヴィウスは、天にも舞い上がらんばかりに喜んで、この子に「ガイウス」となづけた。

のちに、この子は、ユリウス・カエサル家の養子となり、「オクタヴィアヌス」と名乗り、やがて「アウグストス」と呼ばれて、「ローマ帝国」の初代皇帝に、のぼりつめることになるのだが——。


いちど、坂道を転がり出した石は、最初の最初でせきとめなければ、もうとどめることができない。あとになればなるほど勢いを増し、まわりの土や砂をまきこみながら、下へ下へと転げおちてゆく。

「陰謀」の首謀者とされたカティリーナは、これがため、翌年の執政官に、堂々と立候補した。犯罪容疑者ではあるが、告訴はされていない。立候補の権利は立派にあった。

カティリーナとしては、それが、崖くずれをとめるさいごの柵になる、と思ったのであろう。すでに、引っ込みも、つかなくなっていた。

ローマ市の人口は、普段の数倍にふくれあがっている。

市民権をもつ元兵士たちの流入が、止まらないのだった。みな、カティリーナを応援するために、ローマへおしかけてくるのだ。

十月二十日、
投票日がきた。

在ローマの、市民権をもつすべての男が、投票所に列をつくった。みな、殺気だっていた。開票がはじまると、外からきた者も、もとから居た者も、かたずをのんで、なりゆきをみまもった。

当選したのは、シラヌスとムレーナという、二人の貴族だった。

カティリーナは、またも、落選したのだ。

## V

土砂くずれがはじまった。

カティリーナとその一味が、いよいよ「謀反」を実行しようとしている、という話は、もはや、すでに存在する事実であるかのように、「ローマの七つの丘」のうえを、渦をまいてとびまわりはじめた。いちど、執政官の口からでてしまった「謀反」の言葉は、もう引っ込めることも訂正することもできなかった。

決定的だったのは、クラッススの動きである。

カティリーナ落選がきまった日の、その深夜、クラッススは、親しくしている二名の有力議員をともない、夜陰にまぎれてキケロ宅を訪問した。

彼はそこで、何通かの手紙の束を、キケロにさしだした、という。

これは、つい今しがた、自邸の門前に置かれてあったものだ——と、クラッススはいった。

差出人の名はなく、門番奴隷も気づかぬうちに置かれたものであるが、たぶん、筆跡からみて、今後、ローマに大事件をひきおこすその準備段階をしるしたものだと思われるから、事前に、内密に、執政官に提出しておきたい、と、彼は言った。

手紙のあて名は、クラッススと、同道の二名、そして、ガイウス・カエサルをふくむ、クラッスス派の有力議員数人。クラッススにとどければ、全員のもとへ届くと思ったのだろう。

キケロは、封の切れていた、クラッススあてのものを、許可をえてひらいた。

それには、次のような走り書きがあった。

――八日後の「スッラ戦勝記念日」に注意してもらいたい。この手紙を読んだものは、大惨事がおきるまえに、ローマを出るように。――


この手紙が、真実、カティリーナの書いた本物であるかどうかは、今日にいたるまで、わかっていない。それどころか、これが本当にあったことだったのかさえ、なんの証拠ものこっていない。なぜなら、この件にかんしては、キケロ以外のだれひとり、書きのこしても、証言してもいないからだ。

しかし――

執政官の権威は絶大であった。

キケロ自身がのちに語ったところによれば、彼はこのとき、ついに、「喉から手がでるほどほしかった『謀反の証拠』をつかんだ」というのだ。


二十日後。

カティリーナは、ローマを脱出した。万策つき、味方も取り巻きも、財産も家族も、すべて置き去りにしての、夜逃げであった。

キケロはただちに、元老院を召集し、カティリーナが来年の執政官選挙に立候補できないように策をこうじると、カティリーナは逃げたのではなく、一味のひとりマンリウスのいるトスカナで、反乱軍を組織するために、いっとき、ローマを退去したにすぎない、と、声を大にして力説した。

「諸君。ごぞんじのように、わたしは昨日、殺されかけた。」

キケロは、熱弁をふるった。

「もっとも安心できる場所である我が家で、暗殺されかけたのだ。カティリーナ派の刺客におそわれたのだ。カティリーナは、わたしを殺すことができなかったがために、逃げだしたのだ。」

元老院最終勧告を。

キケロは議員たちに迫った。

「諸君、決断をお願いしたい。カティリーナの息の根をとめるまでは、ローマに真の平和がおとずれることはないのだ。」

「いいや――。」

つぶやくような声に、キケロはおしとどめられた。

「カティリーナは、逃げたのだ、執政官。」

老カトゥルスであった。力ない声であったが、元老院第一人者の言葉は、議場によくとおった。キケロは黙った。

「争いとは、つねに相手があっておこるものだ。執政官ににらまれたものが、どうしてローマに居続けることなどできよう。」

老いた声は、ますます小さく、絞り出すように低くなった。

「今げんにローマにいないものにたいして、どうやって最終勧告をするというのだ。もう、やめてくれ、キケロ。これ以上、彼をおいつめないでくれ。名誉がほしいなら、べつのやりかたで――。」

議事はうちきられた。カトゥルスが、よろよろとたちあがって、出口へ向かったからだった。彼が打ち切りといえば、他の誰がなんといおうと、打ち切りであった。

老人には、どうしても、親友カティリーナが、本当に、そんなだいそれたことをしでかすとは、信じられないのだった。若き日、父親のかたき討ちに力をかしてくれた古い友を、だが、かれは、すでに、うらぎってしまっていた。キケロの口車に、うまうまとのせられてしまった。それは、どんなに後悔しても、戻らない事実であった。

ガイウスのもとに、ガリアからの陳情団がおとずれたのは、そのころのことだ。

ポー河の向こう――ミラノとクレモナからの、使節たちである。

「ローマ市民権を、取得できるようにしてほしい。」

彼らは、クラッススを頼って、はるばるやってきたのだった。彼を、パラティーノの丘の邸宅にたずねていったが、不在だといって、とりついでもらえないのだ、といって、すでに面識のあるガイウスのところへ、ようすをたずねにきたのである。

「どうにも、もうしわけないが、ガリアのラテン市民諸君。」

クラッススが不在、というのは本当だった。問題の手紙をキケロにわたし、カティリーナを売ったというのが、市内全部でしんじられていたため、一味の報復をおそれて、彼もローマをにげだしていたのだ。

「マルクス・クラッススの居場所は、わたしにもわからない。わたしも来年には法務官になるから、もうすこし、待っていてくれれば、ご期待に沿うよう、力を貸すことができるのだが。」

ガイウスはこのとき、彼らを家のなかにとどめ、なんとか都合をつけて、目の届くところに、手生《てい》けにしておいてもよかったのだ。もし、彼が、なんの気なしにでもそうしていれば、このあと、事態はかなりちがった展開をたどったことは、まちがいがない。

うなだれて、ガイウス宅を出たガリア人たちに、ある男が、声をかけた。その男は、じぶんは今年度法務官レントルスの友だと名乗り、もしよければ、これからその法務官の家へ行ってみないかと、一行をさそった。

現法務官、ときいて、彼らが喜んだことはいうまでもない。

なにも知らないガリア人たちは、レントルスの家のなかへ消えた。レントルスは、カティリーナ一味のなかで、カティリーナに次ぐ有力者だった。

これは、決して、ガイウスの失策ではない。

老カトゥルスが、やっとの思いでおしとどめた巨石は、だが、この瞬間に、ふたたび転落をはじめたのだ。


十二月三日。

元老院が、召集された。

「今朝、ミラノとクレモナのラテン市民諸君から、わたしにたいして、訴えがあった。」

キケロは、またも、手紙のようなものをふりまわしていた。

「ここに、彼らラテン市民と、カティリーナ一味との間にかわされた、誓約書がある。これによると、トスカナではカティリーナの蜂起が目前にせまっており、ミラノとクレモナが、それに呼応して決起するという。諸君。うわさはすでにうわさではない。犯罪行為はすでにおこなわれた。いまこそ、それにたいして、厳罰をくだすときがきたのだ。」

キケロはれいによって、じぶんの背後に、密告者たちを整列させた。レントルスの表情が、石のようにかたまった。

「諸君。」

キケロがいった。

「すすんで危険情報を提供してくれたラテン市民諸君を、わたしは反逆罪には問いたくない。無罪放免としようとおもうが、どうか。」

広い議場から、気配が消えた。六百人もの議員たちは、固まり、息をするのもはばかって、それからいっせいに、全員が、信頼できる、この状況についてただしい判断のくだせる人物をさがして、たがいに顔をみあわせた。老カトゥルスは、顔をおおい、なすすべもなく、事態をなげいていた。

議員がひとり、遅れて議場にはいってきた。

「おお、法務官スルピキウス。どうだった。証拠はみつかったかね。」

キケロの言葉に、はいってきた議員はおおきくうなづいた。

「レントルスの家、カテーゴスの家、ガビニウス、スタティリウス、ベスティア。一味の留守宅をすべて捜索いたしました。出た出た、出ましたとも。とくにカテーゴス宅からは、おびただしい矢、投げ槍、あらたに研いだばかりの剣、箱につまった硫黄と麻屑、導火線――。」

「きいたか、諸君！」

キケロは、もう、人々に考えるいとまをあたえなかった。

「法務官！　彼らを逮捕せよ。裁判だ。裁きがくだるまで、拘禁するのだ！」

あっという間のできごとだった。一味のひとびとは、茫然としたまま、犯罪者として議場からひきずりだされた。


市内は、もはや騒乱状態だった。

平民も貴族も、カティリーナを支持していた人々は、真昼間から荷車とともにローマを逃げ出すか、または、口をぬぐって一味を責めるがわにまわっていた。

れいの、投票のためにあつまってきていた「スッラ旧兵」たちも、クモの子を散らすように逃げ去っていた。一部はすでに、トスカナで、カティリーナが組織している反乱軍に身を投じたといわれていた。

このような混乱のなか——。

ローマ市内では、ひとつの神事が、粛々とおこなわれた。

「ボナ女神祭」である。

政治の世界と関係なく行われたのは、それが、「女たちの祭り」だったからだ。逮捕劇の翌日、ガイウスの母も妻も、愛人たちも、既婚婦人は、夜、神事のおこなわれる執政官キケロの家にあつめられた。

「男子禁制の祭り」である。祭りのおこなわれる家では、準備のはじまる朝から、秘儀がすべておわる夜中まで、たとえ奴隷一人、犬猫一匹といえども、男はその家から閉め出される。

執政官キケロは、この日、それゆえ家を留守にした。元老院召集もやめてしまい、こういうときに面倒見がいいクラッススのところに、なんの前触れもなくおしかけていって、一夜の宿をたのんだ。

応対したのは、クラッススの長男——若きプブリウス・クラッススである。

母親のテウトーリアは、今夜のお祭りに着ていく服えらびにいそがしい。若者は、日ごろから尊敬しているキケロの訪問を、大喜びでむかえた。

「先生。キケロ先生。」

クラッスス家にはめずらしい学問好きの彼は、キケロの著作をすべて読み、素直に、彼を偉大な学者だと思っていた。

「父は先々月の末――執政官選挙の終わった日の夜から、ずっと別荘地アルバに滞在しているんです。――いかがでしょう先生。わたしも今夜はそこへいくつもりです。ぜひご一緒したいのですが。」

いかなる偶然であろう。

キケロが一夜の宿をもとめた館には、次期法務官のガイウス・ユリウス・カエサルもいた。クラッスス、ガイウス、それに、若きクラッススにつれられてきたキケロ。三人の元老院議員が、元ビチュニア王女ニュサ姫の、しずけさにみちたサロンに集まってきたのだ。


「女だけのお祭り――。」

ニュサ姫は、絹の目隠しの下のみえない目で、まるで男たちをみわたすように顔をうごかした。

「もしご無礼にあたりましたらおゆるしを。執政官さま、それは東方でいう『ディオニソスの祭り』のようなものなのでしょうか?」

「いやいや姫君、とんでもない。」

執政官は、四角い顔をさらに四角くして、もったいぶってこたえた。

「女神ボナは、家のかまどを守る女神。お国でいえば、さよう、女神ヘスティアのような慈悲ぶかい女神ですぞ。または神々の女王ヘラ、大地の母デメテル。——秘儀には、ウェスタ神殿の聖なる処女巫女たちも列席するのですから、こういった格式のたかい女神にこそなぞらえていただきたいものですな。」

キケロにとって、このオリエント生まれの目の見えぬ姫君とは、これが初対面だ。

彼をここまで案内してきた若きクラッススは、同じ敷地にある離れのほうに通されていた。このひと月ほど、クラッススが隠れていたところだ。ちょうど、れいのプルケルの御曹司も顔をだしたというので、若い「プブリウス」どうしで取りあわせられている。

「姫。」

クラッススが、あとをひきとった。

「ボナ女神の秘儀については、われわれ男には、わからないことだらけなのですよ。」

いつものおだやかな声で、彼はいった。

「わが家でも、しばらくまえに妻が主宰しましたが、なにしろ支度の最初から片付けの最後まで、女どもはまるでわたしたちに見せてくれないのですから。」

「わたしはちょっと耳にしたことがあるな。」

ガイウスは、ちょっと得意になって言った。

「小さかったころ、伯母にちょっとだけ。ええ、なにしろ伯母ユリアは、執政官大マリウスの妻として、七回もあれをやったそうですから。」

ガイウスの話を、男二人も、膝をのりだしてきいた。

しつらえはディオニソス祭、儀式手順はオルフェウスの秘儀――母のアウレリアにもたしかめましたので、だいたいあっていると思いますよ。――姫君がさっき、ディオニソスをひきあいに出されたのも、だからあながち見当はずれでもないのです。それに、オルフェウスの秘儀については、四〜五百年まえにかかれたものが、断片ながら残ってもいますし。」

するとキケロが、知識をひけらかすように、それはオノマクリトスとエンペドクレスのことだといって、内容をしゃべりはじめる。――たぶん、彼は、女主人としてここにいる姫が、邪魔なのだ。クラッススと、今日明日にも決断をせまられている、レントルスたちの処分についての話を、はやくはじめたいのにちがいない。

クラッススとちがい、この虚栄心のかたまりのような男は、姫の真価について、なにひとつ悟るところがないようだ。

戸口でかすかな気配がして、姫がそのほうに顔をむけた。男たちが気づかぬような、小さなものおとだった。

「おお、マムラだ。マムラがきた。」

美形好きのクラッススは、たちあがって、館の執事をむかえいれた。

「どうだねガイウス。しばらく見んうちに、またずいぶんとたくましくなったとはおもわんかね。眼帯も、そろそろもうすこしごついのが似合いそうだ。——ガイウス、きみからも褒めてやってくれ。彼はじつによくわたしの世話をやいてくれたよ。」

クラッススは、お礼に、もしよければ、スペインあたりの山羊かウサギの上等な皮で、あたらしい眼帯を作ってやろうといい、ガイウスと姫が、ありがたくお受けするようにとすすめると、マムラは昔の色小姓時代の生意気さで、この体型は身体にながれるトラキアの血のせいで、自分としてはまったく好みではない。だから、あたらしいのを頂戴できるなら、なるべく今のに似た、華奢なのがいいといって、ガイウスとクラッススを、おおいに笑わせた。

キケロは、もう不機嫌もあらわに、トーガの結び目をいじりまわしている。

マムラが、姫の耳もとでなにかいうと、姫は、いつもの足首に鈴をつけた女奴隷を呼んだ。そのまま、マムラと彼女に介添えされて、席をたっていく。

「ところで、執政官。」

親切なクラッススは、彼が話したがっていることについて、さっそく、水をむける。

「明日は、さすがに議員たちをあつめるのだろうね。」

「ええ、まあ。」

悩んでいるのだ、と、キケロは殊勝らしくためいきをついた。

「これほどの事態が露見したうえからは、どうでも一味を厳罰に処さねばなりませんが——。ですが、わたしは心配なのですクラッスス。わたしのような、田舎からでてきたばかりの新参者が、いずれおとらぬ名門の当主たちを、はたして一人でさばいてしまっていいものかどうか。」

おやおや、これはどうしたことだ。

ガイウスは表情がかわるのをみられないように、そっと、手酌で酒をついだ。

自分でカティリーナたちを追い詰めておいて、いまになってこんなことを言い出すとは。ここまできて決断をしぶるくらいなら、最初から野心などもたなければよいのに。

「息子が言っていましたよ、キケロ。」

クラッススがいった。

「あなたは、ほんとうは優しい心のかたなのだと。かずかずの裁判での弁論をよめば、それはあきらかなことだ、とね。」

それを、意外に小心者だといわれているのだと、キケロは気づかなかった。ほっとしたようにうなづいて、それからまた困ったように、かぶりをふりはじめた。

「わたしだって、こんな大きな陰謀だとは思っていなかったのです。まさか、ガリア人の反乱までが計画されていたとは。こんなことは、ローマはじまって以来だ。」

クラッススが、ガイウスに視線をおくってきた。もう自分では手に負えないから、そっちでなにか言ってやってくれというのだ。

「キケロどの。元気をだしてください。」

ガイウスは言った。

「連中の計画など、酒の上のざれごとに毛の生えたようなものにすぎません。頭脳明晰なあなただからこそ、阻止しえたのではないですか。」

「ありがとう、カエサル。やはりきみは、わたしのよき理解者だ。」

そうか。理解者か。

それをついこのあいだ、あなたはあなたのいう「反乱の仲間」といっしょくたにして、始末しようとしたはずだが？

もちろん、ガイウスはそんなことは口にしない。

マムラがもどってきた。

「クラッススさま――。」

耳打ちをきいて、クラッススがたちあがった。

「どうも、若いものたちがいさかいをおこしたようだ。執政官、ガイウス、ちょっと失礼するよ。」

クラッススが行ってしまうと、もう、ガイウスは、政治のはなしなどつづけるつもりはなかった。あたりさわりのない、さっきのオノマクリトスだのエンペドクレスだのの話題に相手をさそいこみながら、彼は、去年の、「アウトロニウス事件」について、思い出していた。

あれも、もとはといえば酒の上の冗談から出たことだった。「一味」とされたもののなかから、「裏切り者」がでて、そいつが敵に、クラッススやガイウスを売ったのだった。

あれと、これと――。

いったいどこに、そのちがいがあるのか。今回こんな騒ぎになったのと同じようなことが、なぜあのときはうまいぐあいにおさまったのか？

一味の首魁がクラッススだったからか？

ではそうでなかったら——。

ガイウスは想像した。

もし、首謀者が、このわたし、ガイウス・ユリウス・カエサルだったら。先日の、不発におわった告発を、ガイウスが、自力で、はねのけることができなかったとしたら？

もしそうだったら、わたしも——このガイウスも、カティリーナとおなじように、トスカナに亡命するはめになっていたろうか。レントルスのように、犯罪者として逮捕され、牢獄へほうりこまれることに——？

「いやあ、すまなかったね。」

クラッススが、小走りにもどってきた。

「キケロ。うちの息子は今夜は帰すことにしたよ。悪酔いして、御曹司にからむのをやめないものでね。——で、なんの話だ？　ずいぶんともりあがっていたようだが。」

三人は、それからしばらく歓談の時をすごし、寝室の用意ができた順に、その場をあとにしたのだが——。

キケロは、クラッススをさいごにのこして、二番目に声をかけられた。明かりをおとした廊下を案内されていくあいだ、前にたつのはあの美形の執事ではなく、ギリシャ系だがあまり美しくない、少年奴隷だった。

これがクラッスス家なら、美人の女奴隷が、伽についてくれるのだろうが――。

オリエントの、元王族の家で、それをのぞむのは、不品行というものだった。属州からつれてこられた元王族は、ローマでは名目上、みな「捕虜」ということになっているからだ。執政官が、捕虜宅で、たとえ奴隷でも女を世話されたとあっては、あとで、どんなうわさをたてられるか、わかったものではない。

だから、廊下が庭をかこむ回廊にでて、どこからか、だれかのあえぐような声がきこえてきたとき、キケロはそれをききとがめたのだ。

「どうなされました。」

案内の少年が、たちどまって先をうながす。

キケロはもういちど、耳をすませた。

だが、喘ぎ声ときこえたものは、回廊をぬける風だったかもしれず、もうにどと聞こえなかった。

キケロはあてがわれた寝室に入った。

キケロによれば――

この夜、彼の留守宅でおこなわれた「ボナ女神の祭り」で、重大なお告げがあった、とされている。儀式のさなか、もう燃え尽きたとおもわれていた祭壇の火が、きゅうにまたもえあがったらしい。参列の女たちが、うろたえて消火しようとはしりまわるなか、列席していたウェスタの処女巫女の長が、さわぎをとりしずめて、祭りの主催者である執政官夫人テレンティアを前にひざまづかせ、こう言ったという。

「テレンティアどの。いますぐ、ご主人のもとへ行き、心にきめたことを、まよわずに実行するように告げなさい。祖国のため、神が、かがやかしい前兆を、おあらわしになったのです。」

キケロの妻テレンティアは、女の仕事よりも、夫と政治を語るほうが好きという、典型的なローマ女であった。

キケロがじっさいにこの「お告げ」をきいたのは、翌日の朝まだき——元老院召集のため、帰宅したとき、という。

ウェスタ巫女長の言葉は、テレンティアからの伝聞として、キケロによって議場で披露された。

「死刑。」

「死刑だ。」

とらわれたレントルスたちについて、有力議員たちは、口々に同じ演説をおこなった。

もはや、謀反が本当かどうかなど、問題ではなくなっていた。議場の外の広場では、一味の処刑をもとめる市民の、大合唱がはじまっていた。

カトゥルス老人が、最前列で、まるで、自分が裁かれてでもいるかのように、ふるえている。元老院第一人者といえども、今日ばかりは、議事打ち切りなどしようものなら、興奮した外の市民たちに、袋叩きにされるのは目に見えていた。

演説を許されているのは、今年、会計官以上の役付きになっている者、そして、来年の執政官、法務官――。

ガイウスの、番がきた。

彼は演壇にのぼった。

いつもはしめられている議場の窓が、すべて開け放たれている。

六百人の、頭に血ののぼった男たちのはっする熱気で、冬というのに暑くてたまらないからであった。

窓わくの外には、普段なら議場のようすを伺い知ることもできない一般市民たちが、岩牡蠣のようにびっしりとはりついて、議事のゆくえを凝視している。

「議員諸君。」

ガイウスは、それらのひとびとを、みわたした。原稿もメモもみずに、演説をはじめた。

「彼らに死刑を宣告するまえに、もういちど、あたまを冷やして考えてほしい。本来、このような場合、ローマはいかにふるまうべきか。」

カティリーナを助けたいわけでも、キケロに恥をかかせたいわけでもない。ただ――。

ガイウスは言葉をついだ。

「もちろん、罪はさばかれねばならない。だが、思い出してくれ諸君。被告人にも、どんな場合にも許された権利というものがあったのではなかったか。」

この先を口にだしたらどうなるか。

ガイウスには正確に予測がついた。

だが、今はもう、それを思い悩む時ではなかった。

ガイウスはいった。

「――そうだ諸君。死刑を宣告されたものは、その首と命を国家にさしだすほかに、もうひとつの選択が許されていたはずではないか。」

「――――。」

全市民は、あっけにとられた。

外の平民たちが、ひくいこえでささやきあいをはじめた。

なにをいっているのだ、われらが平民の味方カエサル議員は。「死刑以外の選択」だと。どういうことだ。それも、被告人に選ばせるというのは?

「諸君。」

その頭上を、ガイウスの声が圧した。

「罪はさばかれねばならない。だが、すでにローマの外へ出、反乱軍に身を投じたカティリーナはさておいても、レントルスたちには、せめて、選ばせてやってもよいのではないか。どうかきいてくれ、諸君！　――被告人全員の、鎖ときびしい監視つきでの、ローマ市内追放を、わたしは提案する。」

議場はどよめいた。議員たちは演壇をおりるガイウスを、おそろしいものでもみるようにして席へとおしてやり、外の市民は、いまにも議場へなだれ込みそうないきおいで怒りはじめた。

「静粛！　静粛に！」

キケロが大声で言い、議事堂の警護兵が長い警棒で市民たちを制止しようとした。

「次だ！　次の演説者は前に出よ。カトーだ。ポルキウス・カトーの演説を、皆しずかにしてきいてくれ！」

だがカトーは、演壇にでてくることはできなかった。

怒りに我れをうしなった数人が、ついに制止をふりきった。その警備の切れ目から、乱入がはじまった。男たちはまっしぐらに、ガイウスめがけておそいかかってきた。

周囲の彼のクリエンテスたちが、防ごうとみがまえたが、敵の勢いがまさった。防御のなかから、ガイウスはひきずりだされた。顔に、拳がとんできた。

「ぶっ！」

ガイウスは吹っ飛ばされ、おもわず叫んだ。

「いッたい！　痛いぞ！　なにをするんだ。ああ痛い痛いッ、助けてくれ、だれか助けてくれ！　殺される！　護民官！　護民官！」

どこから持ち出されたのか、つぎに命中したのはこん棒だった。重い先端が、上から、肩に降ってきた。もうすこしで、頭を直撃されるところだった。ガイウスは倒れた。胸にも腹にも、手や足やそのほかのものがひっきりなしにぶちあたってきた。まとっている長いトーガが邪魔をして、起きることも、騒ぎから這いだすことも不可能だった。

誰かわからない者が、ローマ制式剣をぬくのがみえた。——しまった。冗談でも、「殺される」などと叫ぶのではなかった。死ぬ。本当に殺される。いけない。切っ先が迫ってくる。

目の前に、護民官のマントがひるがえったのは、その時だった。

「しずまれ、しずまれ。ここをどこと思っている。元老院侮辱の罪で逮捕するぞ！」

護民官ラビエヌスの声だった。

暴徒がひるんだ。

護民官には、身体不可侵特権がある！

どんな者でも、護民官のからだに傷をつけたら、ただではすまない。ラビエヌスは、倒れたガイウスのからだに、おおいかぶさっていた。

執政官を守る警吏たちも、とんできてくれた。キケロのではない。もうひとりの執政官ガイウス・アントニウス・ヒュブリダを守っていた六人だった。ヒュブリダもかけつけた。

「さがれ、みなさがれ！　気に入らん演説をしたからといって、その者を殺していいという法はないぞ。——カエサル、出て行け。はやくここから立ち去るのだ。」

ヒュブリダの、荒々しく酒焼けした顔の、真っ赤にもえる地獄の犬のような迫力は、暴徒たちを我れにかえらせるのに充分だった。

騒ぎがしずまり、ガイウスの姿が消えた議事堂で、討議が再開された。小カトーの演説は、ガイウスへの反対討論のようなかたちになり、つづいて、キケロの最終演説がおこなわれた。

評議のあとは、投票である。

元老院は、全会一致で、一味の死刑を決定した。

議場で袋叩きにされたガイウスは、頭も腹も背中まで、大けがをして、友人たちによって自宅にはこびこまれた。

奴隷たちや、母や妻に手当てされるあいだは、このあたらしい、目のまわりに赤だの青だのをいれる化粧は流行るかなだの、やっぱりスッブラからここへ引っ越しておいてよかっただの、軽口をたたいていた彼も、時間とともに、痛みが骨身にこたえはじめた。娘ユリアと、甥のペディウスに両脇をささえられて、奥の寝室にひきとろうとしていると、玄関で、聞き覚えのある声が、来客をつげた。

「どなたかお年寄りがお見えですよ。旦那さま、奥さま、お若い貴族さまがお供についていて、議員さまがおいでですよ。」

あぶり焼き屋のおかみの声だった。彼女とその旦那も、ガイウスの災難をききつけて、とるものもとりあえずに見舞いにかけつけてきたのだった。

執務室にあらわれたのは、元老院第一人者カトゥルスだった。

「カエサル。」

老人は、だれか若いものに手をひかれて、よろめいていた。

「ガイウス・カエサル。わしは――。」

「カトゥルス。ああ、カトゥルス！」

ガイウスはたちあがった。傷の痛みもわすれて、老人をだきとめた。

「どうかおっしゃらないでください。お気持ちはわかります。よくわかりますから。」

老人は泣き出した。男泣きだった。

――彼の時はおわった。

その場のだれもが、そう思っていた。カトゥルスが元老院に君臨する時代はおわった。これからはおそらく、あの新参者のキケロが――。

「あなたはすばらしい。なんてすばらしい人だ、ガイウス・ユリウス・カエサル。」

ついてきていた若者が言った。

「どうかぼくに、あなたをたたえさせてください。本当にすばらしい人。できることならぼくはあなたのクリエンテスになりたい。」

ガイウスは若者の顔をみた。

プブリウス・クラウディウス・プルケル。

あのプルケルの御曹司が、感動に頰をそめて、ガイウスに握手をもとめていた。

こののち、年があらたまって次の執政官の任期がはじまるまでの、二十日あまりのあいだ、キケロは、「国家の父」とよばれ、手放しでたたえられて、得意の絶頂にあった。

いっぽうのガイウスは、暴徒の襲撃をおそれ、一歩も家からでることができなくなっていた。奴隷一人にいたるまで、風呂にもいけない。まるで告訴された犯罪者のようだった。

そして、カティリーナは——。

一味が処刑されてしまったことで、「国家転覆者」であることが確定してしまった彼のもとには、それでもまだ、一万二千の男たちが、兵士としてしたがっていた。フィレゾエというところで編成をおえた反乱軍は、すぐに、ローマとは反対方向の、北をめざしたといわれる。ガリアに逃亡しようとしたとも、いわれている。

執政官キケロは、これにたいし、同僚執政官ヒュブリダに、三万の正規軍をひきいさせて、追撃を命じた。同時に、ガリアへの道すじにあたるイタリア北部属州にも命令をくだし、急ぎ南下してカティリーナ軍を迎え撃つように手配りをした。

挟み撃ちにされた反乱軍のゆくすえは、涙なしにはかたれない哀れさだった。ピストイアまでにげのびたときには、数は三千に減り、それを、前後から六万の軍が包囲した。

残った三千人は、すべて、最初にカティリーナの味方になった、誇り高きトスカナの老兵たち——「スッラの旧兵」とよばれる人々だった。

歴戦の勇士であることと、これからも戦いぬくことをしめそうと、彼らは行軍の先頭に旗じるしをかかげたが、それはなぜか、スッラの敵マリウスの、鷲の軍旗だった。

否《いな》。

老兵たちを、無知無節操とわらってはいけない。

彼らははじめから「怒れる平民」であった。平民として、平民の旗を奉じる。そのことに、なんの違和感も感じていないのは、当然であった。

一月になり、執政官が変わったが、反乱軍はその後もしばらくがんばっていた。カティリーナをふくむ全員が討ち死にし、反乱が鎮圧されたのは、夏になってからのことだったという。

## VI

と、いうわけで——

新しい年度（ＢＣ６２年）に入った元老院には、この騒ぎ以前から存在していた、当初の問題だけが、残った。

ポンペイウスの帰還、である。

平民たちのガイウスへの敵意も、三ヶ月ほどでおさまったので、ガイウスはさっそく、この年度の法務官として、病欠がつづいている老カトゥルスにかえて、凱旋将軍ポンペイウスを、元老院第一人者にすべきだという法案を、市民集会にかけた。

これは、クラッススの考えでもあった。

「今年の護民官に、ネポスというのがいるね。メテルス・ネポス。あの男、ポンペイウスが帰国したらすぐに、執政官になれるよう、あちこち飛び回っているらしいのだよ。そう。ネポス。ついこのあいだまで、ポンペイウスの副官だった男だ。」

元老院第一人者は、議会においては事実上の議長として力をもっているが、じっさいの政治の場の実権はない。また、カトゥルスの例でもわかるように、罷免の法案が可決されるまでは、何年でもつとめることができる。

つまり――

「いい考えだとは思わんかね。先に元老院第一人者にまつりあげてしまえば、おいそれとは執政官になれなくなるじゃないか？　執政官と第一人者を一人で兼ねるなんて――。議員たちはすでに、ポンペイウスの強すぎる力をおそれはじめているからね。さすがの平民たちも、彼を警戒の目でみることになるだろうよ。」

この、クラッススの目算のほうは、議員たちが、あまりにもポンペイウスを警戒しすぎていたため、結果として、「生まれる前のヒヨコをかぞえる」（＝とらぬ狸の皮算用）という残念なことになったのだが、ガイウスのほうはちがった。

平民の支持が、彼にもどった。

大マリウスの甥、平民たちの味方。

ガイウス・ユリウス・カエサルが、復活した。

夏、

目論見がはずれた者は、もうひとりいた。メテルス・ネポス。ポンペイウスの元副官の護民官だ。

どうしても来年の執政官になりたいポンペイウスに、せっつかれたのだろう。ネポスは、暴挙にでた。

前年末、カティリーナ事件はなやかなりしころ、市民集会は「執政官に立候補する者は、その公示日に、ローマに在住していなければならない」という法案を可決成立させていた。キケロが、「カティリーナ対策」として、ほとんど審議もせずに通過させたものだったのだが、ネポスはこれに、異をとなえた。ポンペイウスだけは例外だ、と、市民たちに提案したのである。

もちろん、こんなことを、元老院が許すはずはない。ガイウスの論敵小カトーが、長々と反対演説をおこない、ネポスの案は否決された。彼は、ローマに身の置き所を失い、護民官職をなげうってポンペイウスのところへ逃げ帰ったのだが――。

このとき、元老院の決定に不服のある、ポンペイウス支持の平民たちが、大挙してフォロ・ロマーノにおしかけてきた。自宅前を占拠されたかっこうになったガイウスは、単身、彼らのまえにでていって、辛抱づよく、このひとびとの説得にあたった。

わたしカエサルは、先日、ポンペイウスを元老院第一人者に推薦したのでもわかるように、ポンペイウス支持であること。

ネポスの提案は、今後、またカティリーナのような不埒者がでたとき、歯止めがかからず危険であること。

元老院が、ポンペイウスを敵視しているなど、けっしてありえないこと——。

キケロも小カトーも、この年度の二人の執政官も、ただ、なすすべもなく、なりゆきをみているだけだった。

デモ隊は、解散した。

元老院はまたひとつ、この最高神祇官としては若すぎる貴族が、ただものではないという証拠を、目《ま》のあたりにすることになったのだ。


そう。

この年も、いろいろあった。あの小カトーが、がらにもなく人気取りのために、無産市民への小麦配給をふやす法案を提出したり、前執政官のキケロが、力いっぱい背伸びして市内最高級住宅地のパラティーノの丘に——それも、例のクラウディウス・プルケル家本宅のとなりに、贅をつくした自宅を購入したり——。

事件といえば、それらもこれらも、事件であった。だが、この年最大の事件は、このあとにおこった。冬。

次の執政官の選挙も無事におわり、ことしの執政官法務官などの役付き議員たちを、来年度、どの属州へ派遣するかも決まり、いやいや去年の今頃はたいへんだったねという世間話が、市内でも議場でもかわされていた、十二月初旬。

そう。あの、「ボナ女神祭」のその夜に、事件はおこったのだ。


十二月一日。

いつもは、執政官宅でおこなわれるはずの「ボナ女神祭」だが、どうしたわけかこの年は、最高神祇官公邸――ガイウスの自宅でおこなわれることになった。

学者の家で育ち、さまざまな有職故実に通じているガイウスの母アウレリアにとっても、この重要神事を自宅でやるのは、はじめてのことである。それも、じっさいに主宰するのは自分ではなく、嫁ポンペイアなのだ。こまごまと教え、覚えさせねばならない。介添えは二人必要だから、孫娘ユリアも動員して、女奴隷たちには、家じゅうをブドウとキヅタのつくりもので、かざりたてさせるのだ。

高いところのしつらえも、女だけでやる。朝からてんてこ舞いである。

一般住宅ではない公邸は、広すぎ、天井もたかすぎる。なんとか体裁をととのえはしたが、そのうち夕方になればなったで、連絡不行き届きで間違ってシラヌスやムレーナ――今年度執政官の家に行ってしまう貴婦人たちがでたりで、この年の祭りは、どこか騒然としていた。

ガイウスは、れいによって、アルバに避難していた。ニュサ姫の館には、去年のとおりクラッススもいて、今年はあの真四角男キケロのかわりに、クラッススの二人の息子たちも——。

楽しい議論に花が咲くはずだった。じっさい、楽しかったのだ。クラッスス家に寄宿するギリシャ人哲学者ポリュヒストルと、ガイウスの元家庭教師老グリフォの、ギリシャ語での弁舌合戦は、くだらないお笑いにあきた耳には心地よかったし、クラッススのつれてきた美少年奴隷たちが、マムラを惚れぼれと見る様子などは、酒のさかなにもぴったりだった。

楽しかった。とても楽しかった。

真夜中に、アウレリアづきの女奴隷——ティモテオスの妹ダプネが、闇夜もいとわず馬車を飛ばしてきて、館の玄関にとびこんでくる、その時までは。

真っ暗な自宅に、神事は、すでに中止されていた。

「男がまぎれこんだ——って？」

玄関を入り、ガイウスはすぐに言った。

「どうしてそんなことに。」

列席のウェスタの巫女たちはもちろん、客もすべてかえされていた。

「わたくしの不始末でございます旦那さま。」

執事奴隷ターレスの妻——ティモテオスとダプネの母親ラニケが、おろおろとひざまづいている。

「お客様の集まりがおくれて、お祭りがはじまっても、まだ何人か遅れて入ってこられましたので——。そのあいだ、ご門が開け放しに——。」

「ラニケを責めないでくださいガイウス。」

アウレリアが、かばうように言った。

「わたしも油断していたのですから。」

ガイウスは、家族たちをみわたした。

アウレリア、ポンペイア、ユリア、女奴隷は、ラニケに、今はユリアづきになっているグリフォの妻クロエ。全速力の帰りの馬車で、ものすごい揺れに舌を噛みながら、必死で、わかっていることを説明してくれたティモテオスの妹ダプネ——。もう一人いる。やけに骨太な、格闘技でもしそうな娘だ。

「その子はハブラ。わたしの実家というか——スッラ家から来てもらったの。」

ポンペイアがいった。

「力仕事専門だけど、母親から以前のお祭りのことを聞かされて覚えているというものだから——。

プブリウス叔父さまにお願いしたのよ。」

つごう七人。

あとは下働きばかりだ。

この人数で、大きな神祭りを仕切ること自体に、無理があったのだ。

「でもこれは褒めてやってほしいの、ガイウス。」

ポンペイアがいった。

「賊をつかまえたのはハブラなのよ。その人の女装を見破ったのも。——勢いあまって投げ飛ばしてしまって、いま奥で動けなくなっているんだけれど——。」

「なんだって。」

ガイウスはおどろいて聞き返した。

「狼藉者はまだこの家にいるのか。」

「ええ。屋根裏の、奴隷のお仕置き部屋に。」

「——。」

「追いだして、かえって騒ぎになってもと思って。」

「ポンペイア。」

ガイウスは、固まりかかりながら、言った。

「じゃあ、みんな——、来客とか、ウェスタの巫女がたとか、みんなに、わかってしまっているんだな？　その——、神聖な秘儀を乱した、不埒なやつが誰か。」

「わたくしを罰してくださいませ旦那さま。」

ティモテオスの母が泣き出した。

「すべてわたくしの不手際でございます。悪いのはわたくしです。」

女装の狼藉者は、屋根裏部屋でふるえていた。

「カエサル！」

竪琴弾きの真っ赤なベールの、長いすそに、顔の下半分をかくしたまま、そいつはたちあがって男の声でいった。

「カエサル。ああ、ぼくはなんてことを――。」

「御曹司。」

ガイウスは習慣で、相手を敬称で呼んだ。相手は、すると、しなでもつくるようにしてさらに顔をおおった。

「そんな風によばないでくれ。ぼくはとりかえしのつかないことをしたんだ。」

「クラウディウス。」

ガイウスは、相手を呼びなおした。

「プブリウス・クラウディウス・プルケル。――いったい、何だってこんなことを――。」

「知らなかったんだ。祭りが――ボナ女神祭が、ここでおこなわれているなんて。てっきり、去年みたいに、執政官の――シラヌスかムレーナのところだと――。」

ガイウスは嘆息した。

馬鹿だ。前から思っていたがこいつは筋金入りの馬鹿だ。なぜもうすこしまともな言い訳を考えつかないのだ。

「それにしては、そのご念入りなおこしらえは？　それは今夜ここが女だけと知っていての変装ではないのかな。」

「えっ、ええっ!?」

その無駄な演技力に、ガイウスはむしろ感心して相手をみた。相手の、みひらかれた、心底おどろいたような目を、彼はじっと見たのだが——その目に、不覚にも、ガイウスはひきこまれた。

か、可愛い——じゃないか。

ひげも生えていない、じつに可愛い美少年顔だ。ガイウスは相手をみつめなおした。こんな目をされたら、むくつけき海賊でなくたって、くらっとくること請け合いだ。

「ガイウス。ねえェ、ガイウス。」

女装の御曹司は、ほそいからだを、身も世もなく、くねりしならせた。

「わかっているんだろう？　わかってくれているんだよね。お願いだ。いじわるしないで。ねえガイウス——。ぼくは、ぼくはあなたに会いにきたんだよ。」

大変なことになった。

プルケルの若者を、トーガに着替えさせてから、奴隷たちに取り巻かせてなんとか帰宅させたあと、ガイウスは妻と母を、執務室によびだした。

「ポンペイア――。」

ガイウスはまず、妻にあたまをさげた。

「きみにはすまないと思っている。」

「まあガイウス――。」

それがなぜだかわからず、彼女は、いそいで夫にかけよって頭をあげさせようとした。

アウレリアのほうは、かなしげに顔をそむける。――察しがついたようだ。

ガイウスは、いった。

「離婚してくれ。――どうか、わたしと、わかれてほしい。」

「？」

ますますわけがわからず、ポンペイアは姑《しゅうとめ》のアウレリアをみる。アウレリアはだまっていた。

「ポンペイア。」

ガイウスはいった。

「きみは、わたしの娘ユリアを、その――、大事に、思っていてくれるのだったね。」

「ええ。」

彼女はこたえ、それから、はっとしてガイウスをみた。

「これはかならず裁判になる。」

ガイウスはうなづいて言った。

「わたしを気に入らない、キケロやほかの連中が、かならずこの件を裁判にする。そして、プルケルの御曹司だけでなく、このわたしにも、なんらかのぬれぎぬを着せようとするだろう。」

そのとき、非情冷酷なキケロが、カエサル家をおとしめるために、どんな卑劣な手をつかってくるか——。

「——逢引きには——。」

ポンペイアはいった。

「逢引きには、相手が必要よね。」

「うん。」

「それは、母上ではありえないし、ユリアであってはもっといけないのよね。」

「——————。」

ポンペイアはひとつ、ためいきをついた。

未婚の娘が、密通をうたがわれたりしたら、その娘は死なねばならない。「タルペイアの丘」という断崖から、みずからの意志で身投げして死ぬ。これはローマはじまって以来の不文律だ。

ポンペイアはいった。

「ずっと、あなたの役にたちたいと思っていたわ、ガイウス。——今がその時ね。」

わかった、とガイウスの妻はいった。

「プルケルにはあなたから因果をふくめてね。大丈夫、わたし、うまくやるから。」

「ああポンペイア。」

アウレリアが、彼女をだきしめた。

「あなたにはなんといったらいいか――。」

ガイウスは、いたたまれず、その場をにげだした。


このころ、ローマ共和国の南の国境であるブリンディシの軍港に、大ポンペイウスをのせた船が、ひとびとの歓声をうけ、麗々しく錨をおろしたのであるが、そのニュースは、この裁判さわぎにとりまぎれた。

プブリウス・プルケルを告発したのは、この年護民官になっていた、小カトーだ。

たぶん彼は、その潔癖症を、キケロに利用されたのだろう。もちろん、そのまた背後には、プルケル家にうらみをいだくルクルスや、キケロと並び称される弁護士のホルテンシウスがひかえている。

小カトーは、じぶんの娘をとつがせている、マルクス・ビブルスのもとへ、告訴状をもっていった。

ビブルスはこの年、四人いる法務官のひとり――つまりガイウスの同僚として、その任にあったからだ。

裁判は、訴状を受理したビブルスの自宅で、ひらかれることになった。

国家転覆などの重罪とちがい、軽微な犯罪では、これはよくあることである。罪状は、はじめのうち、「クラウディウス・プルケルの、ボナ女神への冒涜《ぼうとく》の罪」ということになっていた。

展開は、ほぼ、ガイウスの読みどおりだった。それはすぐに、プルケルの若者と、カエサル家の若妻ポンペイアとの浮気話に発展し、それから、キケロとホルテンシウスがさらに話をこねくりまわして、市民たちには思いもよらない方向へ飛び火していった。

「ガイウス・カエサルは、最高神祇官の要職にありながら、自宅で催されたボナ女神祭に、男の侵入を許すという大失態をおかした。これは、名門貴族でありながら、妻ひとりも監督できない不熟者ということで、つまるところ彼自身が、ボナ女神を冒涜したにひとしい。」

さよう。

キケロたちのめざすところは、ガイウスを、ローマ第一の破廉恥男として、最高神祇官職から解任することにあった。ガイウスが、すでに妻を家から追い出していることもあって、ことは簡単にすむかにみえた。

ガイウスは、法廷に、呼びだされた。

浮気男ガイウス・カエサルが、自分の妻の浮気について、法廷に引き出されて証言をさせられる——。

こんな傑作な見ものは、近来まれであった。カティリーナの時とは、くらべものにならない。当日、臨時法廷である法務官ビブルス宅には、このお気楽なショーを拝見しようという連中が、中庭や台所にまであふれた。すみっこのほうには、セルヴィーリア、テウトーリアをはじめとする、彼の愛人たちが、風邪でもひいたのか、鼻から下にベールのすそをあてがって、心配そうに群れつどっている。

裁判長ビブルスの質問は、無難なところからはじまった。

「当夜、君はどこにいたのか。」

アルバ。と、ガイウスは正直にこたえた。

「元ビチュニア王女ニュサのサロンに。一人ではない。クラッススとその息子たちも一緒だった。」

告発者小カトーがたちあがった。れいの、よくひびく、びんびんとした声が、被告人をおいつめようと迫ってきた。

「カエサル法務官。君はローマ一の色男だそうだが――君とニュサ姫との関係については、どうなのだな。」

「彼女はわたしの被庇護者――友人《クリエンテス》だ。わたしの伯父アウレリウス・コッタが、初代属州総督として、彼女の父から、その国をローマ属州として受け取った。記録にもあるから調べてほしい。」

「うむ。それは公式記録だな、カエサル法務官。」

小カトーはうなづいた。

「で？　彼女と君の、関係は？」

それは微妙な質問だったが、見物人は、どっとわいた。

似合わない。まったくにつかわしくない。ローマ一のカタブツが、ローマ一の軟弱男に、彼の色事《いろごと》について、大真面目に、質問している。

ガイウスもまた、大真面目だった。微妙な問題に、真っ正面からこたえた。

「これはまた。れっきとしたローマ市民とはおもえないご質問だ、カトー護民官。いやしくも市民たるもの、たとえ外国捕虜であるとはいえ、元王族と友人以上の関係を持つことなどありえようか。」

「そうかな。」

小カトーは、まったく表情をくずさずに、さらに面白いことを言った。

「君が、一時期彼女と婚約関係にあったと証言する者もあるが。」

「それを言っているのは、ビチュニア王のもと家臣たちだろう？」

すずしい顔で、ガイウスはかえした。

「当時、わたしの所属していた小アジア総督府では、レスボス攻略のため、ビチュニアから兵馬と軍船を借り受けていた。わたしはその借り出しを依頼する使者としてかの国にあり、そのあと人質として滞在したにすぎない。わたしは王に気に入られていたから、皆が、たわむれにそのように呼んだだけのことだ。」

「ではこんな話は？　カエサル法務官。」

キケロが、すわったまま言った。声はつぶやくようで、それが、人々の耳に、かえって彼の発言をきわだたせた。

「元ビチュニア王女のアルバの別荘には、とかくのうわさがある。かの館には、夜な夜な一人の名門貴族が馬車でのりつけ、そのあと、館のおくからは、男のあえぎ声やらベッドのぎしぎし、ががたいう音が、一晩じゅう、途切れなくきこえてくる――。」

ギャラリーはもう、大喜びだった。歓声のなか、ガイウスは黙っていた。キケロが勝ち誇ったようにうながしてきた。

「どうした、法務官。なにか思い当たることでもあるのか。」

「いや——。ただ、驚いただけだ。ローマ一の論客キケロ閣下の発言としてはあまりにも下品下劣なので。」

ガイウスは言った。

「想像してくれ、諸君。もしも、ビチュニアがあのとき、レスボス攻めに援軍を出していなかったら？ローマではなく、国をあげてポントスに味方していたら？　そしてなぜ、ビチュニア王の元家臣たちが、わたしをおとしめるような発言をするのか？　——キケロ、君があのころ、どこでなにをしていたかは知らない。だが君は恩知らずだ。あのとき、ビチュニア家臣団には反ローマの勢力が存在した。王は、病をおして、それを一人でおしとどめたというのに。このたびポンペイウスがみごとポントス征伐に成功したのも、そもそもはそのおかげだというのに。君は、君はそのただ一人の娘御を、こんな公共の場で、まるで——。」

まるで安っぽい淫売かなにかのように、と、怒りをこめてガイウスはいおうとした。

「やめたまえ、カエサル。」

キケロが、冷たく言い放った。

「それ以上ビチュニア王女をかばうのはやめたまえ。聞くにたえない。みるがいい。みな知っているぞ。君と、ビチュニア王ニコメデス四世とのあいだのできごとは、このローマでは周知の事実なのだ。」

うわあっ。

ギャラリーは沸騰した。

腹をかかえて笑いだすもの、笑いすぎて泣きだすもの、道化のようにはしりまわるもの——。もはやそれは秩序ある法廷ではなかった。劇場だった。上演されているのは、歴史に名だたる、喜劇の大傑作だった。

おちつけ。おちつけ。おちつけ——。

経文のように、ガイウスは口のなかでとなえた。

我れを失ったら、やつらの思うつぼだ。見物がさわいでいるのはむしろ好都合だぞ。カティリーナも、レントルスも、カトゥルスも、こいつのこの手でやられたのだ。おちつけ、おちつけ、頭をひやすのだ——。

裁判長が、やっとその場をとりしずめたとき、ガイウスは冷静さをとりもどしていた。裁判長ビブルスは、キケロに、裁判に無関係な発言をしないようにと注意までしてくれ、そして、みずからガイウスを尋問した。

「話をもどそう。カエサル法務官。君は、君の妻ポンペイアとプブリウス・クラウディウス・プルケルのあいだがらについて、なにか知っているのかね。」

知らない、とガイウスはこたえた。それは事実だった。

「わたしはなにも知らないし、いまでも妻を愛している。プルケルの御曹司がボナ女神を冒涜したというのも、わたしはあまり信用していない。なにかのまちがいか、だれかにおとしいれられたのではないかとさえ思っているのだ。わたしは、妻ポンペイアと御曹司とのあいだには、なにひとつやましい事実はないと考えている。」

キケロと小カトーが、顔をみあわせる。

「では——。」

裁判長はさらに問うた。

「君は妻を離縁にしたが、それはなぜかね。不倫の事実を、知ったからではないのかね。」

「いいや裁判長。」

用意のせりふを、ガイウスは口にした。

「彼女はうたがわれた。最高神祇官の妻として、このガイウス・ユリウス・カエサルの妻として、それはありうべからざることだ。たとえ無実であっても、うたがわれたという事実だけで、十分に離婚に値するとわたしは考える。」

オオオ、とひくい唸り声が、その場をみたした。それは感嘆の声だった。

どこからともなく、主演俳優をたたえる拍手がはじまった。

これでは、だれも、彼を破廉恥ときめつけることはできない。

市民たちは、またしても、ガイウスに味方したのだ。

クラウディウス・プルケル裁判のほうでは、事態はもうすこし深刻だった。

弁護人の息子ガイウス・スクリボニウス・クリオ（若い騎士マルクス・アントニウスの、男の恋人）が、被告人の無実の証拠をでっちあげようとして失敗したあたりから、法廷は告発側――キケロの一人舞台になりつつあった。ガイウスを有罪にできなかった腹いせに、キケロは、なにがなんでも、若者を断罪しようとしていた。不倫の罪はだめだが、彼にはまだ「涜神罪《とくしん》」というカードが残っていた。

「気の毒だ。」

自分を窮地においこんだ張本人について、ガイウスは弁護の言葉を公けにした。

「彼は、たしかにあまり真面目な男とはいえないし、もっと悪いこともするかもしれないが、たいしたことはできない男だ。それに、彼が実の姉や妹とも不倫していたなどという話は、本件には何の関係もない。だいたい、子供時代に、母親にそうするように、愛する姉の胸に飛びこんだことのない『弟』はいるのか。夜の闇をこわがって泣く幼い妹のベッドで、いっしょに眠ってやったことのない『兄』は？　それは兄弟姉妹の清らかな愛情の発露であって、断じて不倫などではない。――プルケルの若者は、市民に愛され、また、プルケル家はローマ最古の、クラウディウス氏族の直系として、尊敬をあつめてもいる。これを冤罪の汚辱にまみれさせるなど、もっての他だとはおもわないか。ローマそのものの、品格にもかかわる。裁判など早々におしまいにすべきだ。」

裁判で、判決を決めるのは、裁判長ではなく、あつめられた陪審の市民である。しゃにむに、有罪をかちとろうという告発側は、これを、全員、元老院議員でかためていたのだが――。

じつをいえば、その陪審員たちも、困っていたのだ。キケロに味方して有罪の判決文をかいて、クラウディウス・プルケル家のご機嫌をそこねたくはない。だが、無罪といえば、こんどはキケロが黙っていないだろう。

人々が困ったとき——。

それは、クラッススの出番である。

判決の前夜、クラッスス家から、陪審議員たちの家に、使い番がはしった。使者奴隷の手には、なにかでいっぱいの皮袋がささげもたれていた。こういうとき、言葉よりももっとものをいう、あれだ。その夜、陪審員たちは、クラッススに指示されたとおりに、判決文を書いた。翌朝、提出されたそれを点検した裁判長ビブルスは、それが、どれも、ラテン語でもギリシャ語でもない「判読できない文字」で書かれているのを見た。紙いっぱいに、波線だけがひかれているものさえあった。

ビブルスは、被告人に、陪審員全員一致での無罪を宣告した。

激動の一年が、暮れようとしている。

大みそか——。

独身になったガイウスは、ニュサ姫の館にいた。

ガイウスは、プルケルの若者を抱いていた。

自分の別荘があれば、そのほうがよかった。プルケル家のであれば、もっとよかったのに、若者は、どうしてもここで――、彼女の別荘の、庭の奥の離れで、といってゆずらなかった。

弱く、繊細で、わがままで、優雅で――。

ちょっとでも手荒にあつかえば、こわれてしまいそうだ。

ガイウスは、満喫した。愛してはいなくても、楽しみ楽しませることはできる。大事に、こわさぬよう、余裕をもって翻弄しながら、この相手はなにかに似ている、と冷静にかんがえていた。

「ガイウス。ねえェガイウス。」

おわると、若者は、猫のようなうめき声とともに甘えかかってきた。

「これでお詫びになったかな。あなたも、感じて――喜んでくれたのだよね。」

「もちろんだ。」

若者のとなりによこたわりながら、さしだされた上品でしなやかな腕を、ガイウスは花嫁のそれのように、優雅にじぶんの首にまわさせた。

「感動したよ、御曹司。」

とたん、若者は奇声をあげた。

「いやだ、その呼び方。『御曹司』だなんて!」

不機嫌そうに、彼は文句をたれ、それからまたガイウスに甘えはじめた。

「貴族なんてぼくはきらいだ。貴族たちもきらいだし、じぶんが貴族でいるのもいやだ。なにもいいことなんかないんだから。——ねえ、ガイウス。『クローディウス』って名前、どうおもう?」

名前を変えたい、と、プブリウス・クラウディウス・プルケルは、駄々をこねはじめた。

「ねえどうかな? 『クローディウス』。ぼくが考えたんだ。どうかな。ちょっと男らしくて、すてきだとおもわない?」

「クローディウス、か。」

それは、若者の、由緒ただしき氏族名である『クラウディウス』を、平民風にしたものだ。

ガイウスは苦笑して、若者の頭を、子供か奴隷にするように、なでまわした。

「いい名前だ。でもそれはまだ、二人だけの秘密にしておいたほうがいいと思うな、クローディウス。」

秘密、というところに少し力をいれると、若者はうれしがって身をよじらせた。

「ガイウス、ガイウス。ぼくはきみの役にたちたい。もっと強くなりたい。」

ガイウスの胸に這い上ってきて、クローディウスはいった。

「ほんとうに、平民だったらいいのに。そしたら、クリエンテスになって、あなたのあとを、どこへでもついていける。」

「力をもちたいなら、今それはだめだ。」

ガイウスは年があけたら、ふたたびスペインへ赴任する。前回は、会計官だったが、今度は一クラス上。法務官級の属州総督だ。

ガイウスは言った。

「きみには、わたしの『ローマでの目』になってもらわなくては。まじめに務めにはげんで、元老院にも好かれるようになってもらわなくてはね。」

「うん、そうする。きみのためなら、なんでもする。」

ぼくはあなたのクリエンテスになりたい。あなたの妻になりたい。――奴隷に、なりたい――、と、クローディウスはいった。

ガイウスはクローディウスにくちづけした。彼がなににているか、このときガイウスはやっとおもいあたった。

「クローディウス、きみは、わたしにとって、ローマそのものだ。」

おおローマよ。

「ガイウス、ガイウス、うれしい――！」

若者に深いくちづけをしながら、ガイウスはおもった。

弱く、繊細で、わがままで、優雅で、そして愚かなるおまえ。

ローマよ。

愛している。わたしはおまえを愛している。

# 参考文献

本作を書くにあたり、参考にした書籍は次の通りです。


●カエサル自身の著作

・「内乱記」　カエサル　著／國原吉之助　訳／講談社学術文庫
・「ガリア戦記」　カエサル　著／近山金次　訳／岩波文庫
・「ガリア戦記」　カエサル　著／國原吉之助　訳／講談社学術文庫

●ギリシャ・ローマ史

・「ローマ人の物語」　塩野七生　著／新潮文庫
・「ローマの歴史」　I・モンタネッリ　著／藤沢道郎　訳／中公文庫
・「プルタルコス英雄伝　上中下」　プルタルコス　著／村川堅太郎　編／筑摩文庫
・「ローマ皇帝伝　上下」　スエトニウス　著／國原吉之助　訳／岩波文庫
・「ルビコン　共和政ローマ崩壊への物語」　ホランド　著／小林朋則　訳／本村凌二　監修／中央公論新社
・人間の世界歴史――3「古代ギリシァの市民戦士」　安藤　弘　著／三省堂

●カエサルの伝記

・「カエサル」　長谷川博隆　著／講談社学術文庫

●文化一般および戦争

・「西洋服飾発達史　古代・中世編」　丹野　郁　著／光生社
・「古代ローマ人の24時間　よみがえる帝都ローマの民衆生活」　アルベルト・アンジェラ　著／関口英子　訳／河出書房新社
・「食べるギリシャ人――古典文学グルメ紀行」　丹下和彦　著／岩波新書
・「飛行の古代史」　ベルトルト・ラウファー　著／杉本剛　訳／博品社
・「三千年の海戦史（上）」　松村　劭　著／中公文庫

・「武器　歴史，形，用法，威力」
ダイヤグラム・グループ　編／田島　優・北村孝一　訳／マール社

・「私のプリニウス」
澁澤龍彦　著／河出文庫

●文学――

・「筑摩世界文學大系　4　ギリシア・ローマ劇集」
訳者代表　呉　茂一／筑摩書房

・「ギリシア奇談集」
アイリアノス　著／松平千秋、中務哲郎　訳／岩波文庫

・「内乱――パルサリア――（上・下）」
ルーカーヌス　著／大西英文　訳／岩波文庫

●ケルト、ガリア、ビチュニア、トラキア――

・「新装版　古代ヨーロッパの先住民族　ケルト人」
ゲルハルト・ヘルム　著／関　楠生　訳／河出書房新社

・「ケルト神話と中世騎士物語　「他界」への旅と冒険」
田中　仁彦　著／中公新書

・展覧会図版「古代トラキア黄金展　1979年」
江上波夫　田辺勝美　堀晄　後藤健　編集・翻訳／中日新聞社（中日新聞　東京新聞）

●地図と旅行ガイド――

・「地球の歩き方A09イタリア2007～2008年版」
「地球の歩き方」編集室／ダイヤモンド・ビッグ社

・「地球の歩き方A24ギリシャとエーゲ海の島々&キプロス　2009～2010年版」
「地球の歩き方」編集室／ダイヤモンド・ビッグ社

・「ワールドガイドヨーロッパ15　ギリシャ・エーゲ海」
JTBパブリッシング海外編集部・編／JTBパブリッシング

・「ワールドガイドヨーロッパ6　イスタンブール・トルコ」
るるぶ社　海外編集局／JTB

・「地球の歩き方E03　トルコ2005～2006年版」
「地球の歩き方」編集室／ダイヤモンド・ビッグ社

・「新個人旅行　'07～'08　イタリア」
P.M.Aトライアングル、カルチャープロ　編／昭文社


以上

# シーザー ラヴズ ローマ
## ——青年ガイウスとローマの平日——


2016年3月12日　初版発行

著　　者　江森　備
発 行 者　左田野　渉
発 行 所　株式会社復刊ドットコム
〒105-0012
東京都港区芝大門2-2-1
ユニゾ芝大門二丁目ビル
TEL：03-6800-4460
http://www.fukkan.com/
印刷・製本　株式会社デジタル　パブリッシング　サービス




Printed in Japan ISBN978-4-8354-5316-3 C0093